3001: 太空漫游

读客科幻文库

跟着读客读科幻，经典科幻全看遍。

3001太空漫游

［英］阿瑟·克拉克 著
钟慧元 叶李华 译

上海文艺出版社

本书图片均来自1968年电影《2001：太空漫游》，斯坦利·库布里克执导。

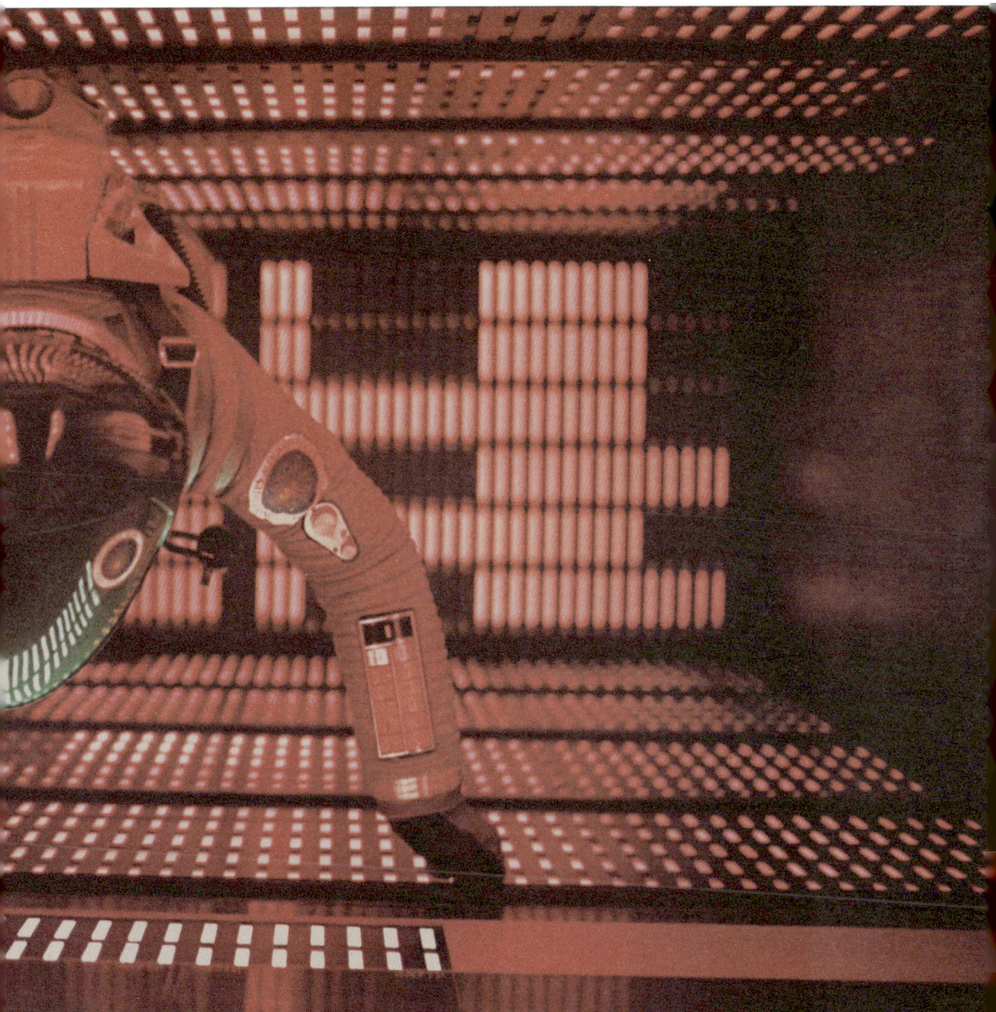

3001: THE FINAL ODYSSEY

ARTHUR C. CLARKE

给秋琳、塔玛拉和梅琳达——

在这个比我们那时代

好多了的世纪里，希望你们都能快乐

目　录

I

星　城

II

歌利亚号

III

伽利略诸世界

IV_
硫黄国度

V_
终　曲

序幕 长子

就称他们是“长子”好了。虽然他们和人类一点也不相干，不过也有血有肉，而且当他们望向太空深处之时，他们同样会感到敬畏、惊奇，还有孤寂。一旦他们掌握了能力，便开始在群星之间寻找同伴。

在他们探索的过程中，遇见过各式各样的生命形态，并且在上千个世界里，看见过进化的运作。他们也见惯了智慧擦出的第一道微光一闪即逝，消失在宇宙的黑夜里。

正因为在整个银河系里，他们发现最珍贵的莫过于“心智”，因此他们到处促进心智的萌发。他们成了星际田园里的农夫，忙着播种，偶尔还会有收成。

有的时候，他们也得不带感情地除掉杂草。

他们的探测船历经千年的旅程，进入太阳系的时候，庞大的恐龙早已消失很久了。恐龙对于黎明曙光的希望，是被来自外层空间偶然的撞击给粉碎的。探测船掠过冰冻的外行星，在垂死的火星沙漠上空短暂停留了一会儿，随即俯视地球。

探索者看到，在他们脚下展现的，是一个充满了各种生命的世界。他们花了几年的时间研究、搜集、归类。等他们尽其可能地了解一切之后，就开始进行调整。他们变动了许多物种的命运，陆地和海洋里的都有。但在这些实验中，到底有哪些会成功，至少在一百万年内他们是不可能知道的。

他们很有耐心，但也并非长生不老。在这个拥有上千亿个太阳的宇宙里，有太多的事情要做，也有其他世界在呼唤他们。于是他们再度朝深邃的宇宙出发，心知他们再也不会到这里来了。其实也没有这个必要，他们留下的仆人会完成剩余的工作。

在地球上，冰河来了又去，而在他们之上，不变的月亮仍旧守护着星辰托付的那个秘密。以一种比极地冰川消长再慢一些的节奏，文明的浪潮在银河系起起落落。一个个奇怪的、美丽的、糟糕的帝国崛起又没落，再把知识转手交给他们的接班人。

而现在，在群星之间，演化正朝着新的目标前进。最早来到地球的探险者，早已面临血肉之躯的极致。一旦他们打造的机器可以胜过他们的肉体，就是搬家的时候了。首先是头脑，然后只需要他们的思想，他们搬进由金属和宝石打造的、亮晶晶的新家。他们就在这种躯体里漫游星际。他们不再建造宇宙飞船。他们就是宇宙飞船。

不过，机械躯体的时代很快也过去。在无休无止的实验中，他们学会了把知识储存在空间本身的结构里，把自己的想法恒久地保存在凝冻的光格中。

转化为纯粹的能量之后，他们又改变了自己。在千百个世界里，那些被他们舍弃的空壳，在无意识的死亡之舞中短暂颤抖之后，崩裂成尘。

现在他们是银河系的主宰了，可以自由自在地漫游在星辰之间，或者像一缕薄雾渗入宇宙的缝隙里。尽管他们最终摆脱了物质专制的统御力量，却也完全没有忘记自己的起源——在一片已经消失的海洋的温暖的烂泥中。他们制造的神奇仪器，仍在继续运转，守望着很久很久之前开始的那些实验。

可是，就连那些机器，也不再总是服从创造者所赋予的使命了。像所有的物质一样，它们也难逃时间之神的影响，更遑论它那耐心无比、不眠不休的仆人——熵。

有时候，它们还会给自己找些新的目标。

I

星城

1 彗星牛仔

迪米特里·钱德勒船长（男／2973.04.21／93.106／火星／太空学院3005，他的好友则叫他“迪姆”）——正在烦恼，这是可以理解的。从地球传来的信息，花了六个小时才抵达在海王星轨道外的太空拖船歌利亚号。这个信息如果晚个十分钟，他就可以正大光明地说：“抱歉，现在无法离开——刚刚才打开太阳膜。”

这个借口再正当不过了。把彗星的冰核，用只有几个分子厚，却有数公里长的反射膜裹起来，可不是那种做到一半说停就停的工作啊。

话又说回来了，虽然待在这个备受冷落的朝向太阳的航道上——而且还不是自己的过错，不过他最好还是服从这个可笑的要求。从土星环上面采集冰块，然后轻轻推向金星与水星，起源于

28世纪——已经是三个世纪以前的事了。那些“太阳系保育人士”一直在努力制造“采集前后”的对比图，用以支持他们对蓄意破坏空中公物所提出的控诉，不过钱德勒船长始终看不出有什么不一样。不过，大众对之前几个世纪的那场生态浩劫还是很敏感，他们有不同的想法。而“放过土星”公投，则由绝大多数人投票通过。结果，钱德勒船长不再是“土星环上偷牛贼”，却成了“彗星牛仔”。

所以，他正在距离半人马座α星（离太阳最近的恒星）不算太远的地方，驱集着从柯伊伯带中四散流离的逃冰。这里的冰当然足够在金星和水星上造出数公里深的海洋，不过大概要花上好几世纪的时间，才能消减这两颗行星表面上炼狱般的高温，使它们变得适合人居住。太阳系保育人士当然还是反对这样做，不过已经不再像以前那么激进了。2304年，因为小行星撞击太平洋所引起的海啸，造成了数百万人的伤亡。讽刺的是，如果是撞在陆地上，造成的损失就不会那么严重。这件事也提醒了往后的世世代代，人类把太多的蛋放在一个脆弱的篮子里了。

钱德勒告诉自己，反正这趟专送要耗上五十年才能抵达目的地，所以迟上个把星期也没什么太大影响。但是如此一来，所有关于旋转、质心和推力向量的计算都得重来了，还要传回火星再确认。这趟专送的路线可能非常接近地球的轨道，在把这数十亿吨冰块推去以前，仔细计算一番总是好的。

像之前许多次一样，钱德勒船长的目光游移到书桌上方那张古老的照片上。照片中是一艘三桅蒸汽船。与船上方悬浮着的冰山相较，蒸汽船显得十分渺小——正如，此刻歌利亚号的渺小。

他常在想，从第一艘发现号进步到驶向木星的那艘同名宇宙飞船，仅仅要一个世代，真是不可思议！那些古代的南极探险家，如果从歌利亚号的船桥望出去，不知道会有什么看法。

他们一定会觉得目眩神迷吧。因为飘在歌利亚号旁边的那块冰，往上往下无限延伸，大得看不到尽头。而且看起来还怪怪的，完全不像冰冻的南北冰洋那般，有着纯净的湛蓝与雪白。实际上，这块冰不只看起来脏，它是真的脏。因为，其中只有百分之九十是水冰，剩下的则是像出自巫婆之手的碳与硫的化合物，而且大部分只有在接近绝对零度时才会稳定。若是融掉这些冰，可能会产生令人不甚愉快的效果，正如一位天体化学家的名言："彗星有口臭。"

"船老大呼叫所有人员，"钱德勒宣布，"我们的计划稍有变更。上头要求我们暂缓作业，先去调查太空卫队雷达发现的目标。"

等到对讲机中那阵混乱的抱怨声消失后，有人问道："有详细信息吗？"

"所知有限。不过我看大概又是千禧年委员会忘记作废的什么计划。"

这回传来更多抱怨声，大家对那些庆祝上个千禧年结束的种种活动，都感到由衷厌烦。当3001年1月1日平安无事地过去，大家都不约而同松了一口气，人类又可以恢复正常的生活作息了。

“反正，说不定跟上次一样，不过是虚惊一场。我们会尽快回到工作岗位，完毕。”

钱德勒闷闷不乐地想着，自他干这行以来，这种盲目追逐已经是第三次了。尽管已经探索了好几个世纪，太阳系还是充满了惊奇。而且，想必太空卫队有绝佳理由这么要求。他只希望，不是哪个想象力丰富的白痴又目击了传说中的黄金小行星。钱德勒从未相信那种东西真的存在，就算有，顶多也只是矿物学上的奇珍异宝罢了，其真正的价值比起他推向太阳的冰块还差得远，后者可是会给荒芜的大地带来生机呢。

不过，也有一种可能性会让他严肃看待。人类已在方圆一百光年之内的太空放出许多机械探测器，而“第谷石板”也充分提醒着人类，有更古老的文明在进行类似的活动。很有可能其他的外星器物正待在太阳系的某个角落，或者正穿过太阳系。钱德勒船长怀疑，太空卫队可能也有类似的想法，不然不会叫艘一级太空拖船去追究雷达上的不明影像。

五小时之后，寻寻觅觅的歌利亚号侦测到来自极远处的回波。就算不理会距离因素，那东西似乎也小得令人失望。不过，随着雷达信号逐渐清晰与加强，显示出那东西有金属物体的特征，说不定还有几米长。它朝着离开太阳系的方向行进。钱德勒几乎可以确定，那是上个千禧年时，数以万计被人类丢向星空的垃圾之一。说不定，那些垃圾将来还会成为人类曾经存在的唯一证据。

接着，这个东西近到能用肉眼观察了，钱德勒才带着一点敬畏恍然大悟：一定是哪个很有耐心的科学家，还在不断检查着早期太空时代的记录。可惜计算机给他的回答晚了一步，错过了几年前的千禧年庆祝活动！

“这是歌利亚号，”钱德勒朝地球传信，声音里透着一点骄傲，还有几许严肃，“我们正在接一位一千岁的航天员上船，我还猜得出他是谁。”

2 苏醒

弗兰克·普尔醒了。不过什么都不记得，连自己的名字都不太确定。

显然他是在医院里。他的眼睛尽管还闭着，但最原始、最能触动回忆的感觉，却明确地告诉了他这一点。每次呼吸，都带着空气中那种微弱但并不讨厌的消毒水味儿，勾起他的回忆——没错！鲁莽的少年时代，在亚利桑那“滑翔翼”冠军赛里弄断了肋骨那次。

现在他慢慢想起一些事情了。我是弗兰克·普尔，美国宇宙飞船发现号副指挥官，正在执行到木星去的极机密任务——

像是有只冰冷的手攫住了他的心。仿如慢动作倒带一般，他想起来了，脱缰野马似的分离舱朝他冲过来，金属手臂张牙舞爪。

然后是寂静的撞击，以及不甚寂静的、空气自太空服中逸出的嗞嗞声。接着便是他最后的记忆：在太空中无助地打转，试着要接回破损的空气管，却徒劳无功。

唉，不管分离舱控制系统发生了什么神秘意外，他现在安全了。应该是戴维来了次迅速的“舱外活动”，在缺氧造成脑部永久损伤之前，把他救了回来。

老好人戴维！他告诉自己。我一定要谢——等一下！显然我不是在发现号上，不过我失去意识的时间，应该也还没久到可以被人家带回地球吧！

护士长和两位护士的抵达，打断了他混乱的思绪。她们穿着代表专业的古老制服，表情看来有些惊讶。普尔纳闷，是不是自己醒得比预期的早？这样的想法让他有种孩子气的成就感。

“你好！”他的声带似乎生了锈，尝试了几次后他说道，“我怎么样了？”

护士长对他报以微笑，她把食指放在嘴唇前面，明确地给了他一个“别试着说话”的指令。然后两位护士在他身上迅速熟练地进行检查，量脉搏、体温、身体反应。其中一位抬起他的右手，再让它自己掉下来。普尔注意到一个奇怪的现象：他的手慢慢落下，似乎不到应有的重量。当他试着挪动身体时，发现身体好像也有相同的情形。

他想，所以我应该是在某个行星上，不然就是在有人工重力的太空站。一定不是地球，我没那么轻。

当护士长在他颈边按下什么东西的时候，他正要问那个再明显不过的问题。只觉一阵轻微的刺痛感，他便又进入无梦的沉眠中。失去意识之前，还来得及让他生出个奇怪的想法。

多诡异！她们在我面前连一个字都没说。

3 康复

他再度醒来，发现护士长和两位护士围在床边。普尔觉得自己已经恢复到可以表达一下自己立场的程度了。

“我到底在哪里？你们一定可以告诉我吧！”

三位女士交换了一下眼色，显然不知道接着该怎么办。然后护士长很缓慢、很小心地发音，回答道：“普尔先生，一切都没有问题，安德森教授很快就会到……他会跟你解释的。”

解释什么啊？普尔有点生气。我虽然听不出来她是哪里人，不过至少她说的是英语……

安德森一定早就上路了，因为不久之后门便打开，恰好让普尔瞄到一些好奇的人正在偷看他。他开始觉得自己就像是动物园里新来的什么动物。

安德森教授是个短小精悍的男人，外貌像是融合了几个不同民族的重要特征：中国人、波利尼西亚人，再加上北欧人，以一种难以形容的方式糅合在一起。他先举起右掌向普尔打招呼，然后，突然想到不对，又跟普尔握了握手，谨慎得奇怪，像是在练习什么不熟悉的手势。

“普尔先生，真高兴看到你这么健康的样子……我们马上会让你起身。”

又是一个口音奇怪、说话又慢的人。不过那种面对病人的自信态度，却是不论何时何地，任何年纪的医生都一样的。

“那好。你现在是不是可以回答我一些问题……”

“当然当然，不过要先等一下。”

安德森迅速、低声地跟护士长说了些什么，普尔虽听出了几个字，却仍一头雾水。护士长向一位护士点了点头，那护士便打开壁柜，拿出一条细细的金属带，围在普尔的头上。

“这是干什么呀？”他问道。他成了那种会让医生烦透了的啰唆病人，总是要知道到底自己发生了什么事。“读取脑电图啊！”

教授、护士长和护士们看起来都一样迷惑。然后安德森的脸上漾过一丝微笑。

“噢，脑……电……图……呀，”他说得很慢，像是从记忆深处挖出这些名词，“你说对了，我们只不过想要监看你的脑部功能。”

普尔悄声嘟囔，我的脑子好得很，只要你们肯让我用。不过，总算有点进展了。

安德森仍是用那奇怪且矫揉造作的声音，像在讲外国话般鼓起勇气，说道：“普尔先生，你当然知道，你在发现号外面工作时，一次严重的意外害你残废了。”

普尔点头表示同意。他讽刺地说：“我开始怀疑，说‘残废’是不是太轻描淡写了点？”

安德森明显地松了一口气，又一阵微笑漾过他的嘴角。

“你又说对了。你认为发生了什么事？”

“最好的状况是，在我失去意识之后，戴维·鲍曼救了我，把我带回船上。戴维怎么样了？你们什么都不告诉我！”

“时候到了再说……最坏的状况呢？”

弗兰克觉得颈后有阵冷风吹过，心里浮现的怀疑逐渐具体化。

“我死掉了，不过被带回来这里，不管这是什么地方，然后你们居然有办法把我救活。谢谢你们……”

“完全正确。而且你已经回到地球上了，或者说，离地球很近了。”

他说“离地球很近”是什么意思？这里当然有重力场，所以他也有可能是在自转的轨道太空站上。不管了，还有更重要的事情要想。

普尔迅速心算了一下，如果戴维把他放进冬眠装置中，再唤醒其他的组员，完成到木星的机密任务……哇，他可能已经“死了”有五年之久！

“今天到底是几月几日？”他尽可能平静地问道。

教授和护士长交换了一下眼色，普尔又觉得有阵冷风吹过。

“普尔先生，我一定要告诉你，鲍曼并没有救你。他相信你已经回天乏术，我们也不能怪他。因为他自己也面临了生死关头……

“所以你飘进了太空，经过了木星系，往其他恒星的方向而去。所幸，你的体温远低于冰点，以致没有任何代谢作用。不过你还能被找到也算是个奇迹，你可以说是世上最幸运的人，不，应该说，是史上最幸运的人！”

我是吗？普尔凄楚地自问。五年了，是哦！说不定已经过了一个世纪，搞不好还更久。

“告诉我吧。”他锲而不舍地问。

教授和护士长像是在对看不见的显示器征询意见。当他们互望一眼，点头表示同意之际，普尔觉得他们都连上了医院的信息回路，与他头上围绕的金属带直接相通。

安德森教授巧妙地把自己的角色转换成关系良久的家庭医生，说道：“弗兰克，这对你来说会极度震撼，不过你能够承受的，而且你愈早知道愈好。

“我们刚迈入第四个千禧年。相信我，你离开地球几乎已经是一千年前的事了。”

“我相信你。”普尔很冷静地回答。然后，让他非常无奈的事发生了：整个房间天旋地转起来，他就什么都不知道了。

等他再醒过来时，发现自己已不是在洁白的医院病房里，而是换了一间奢华的套房，墙壁上还有着吸引人且不断变换的图像。有些是著名、熟悉的画作，其他则是一些可能取材自他那个时代的风景画。没有奇怪或令人不愉快的东西，但他猜想，那样的东西以后才会出现。

他目前待的环境显然经过精心设计。他不确定附近是否有类似电视屏幕的东西（不知第三千禧年有几个频道），床边却看不到任何控制钮。他就像突然遇见文明的野蛮人，在这个新世界里，有太多的东西要学了。

不过首先，他一定要恢复体力，还要学习语言。录音设备早在普尔出生前一个多世纪便已发明，饶是如此，也没能阻止文法以及发音的重大转变。现在多了成千个新词汇，大部分都是科技名词，不过他经常可以取巧地猜到意思。

但是让他最有挫折感的，还是在这一千年里累积的无数人名；美名也好，臭名也罢，反正对他来讲统统没意义。直到他建立起自己的数据库之前的几个星期，他与旁人的谈话，总是会不时地被人物简介给打断。

随着普尔体力的恢复，拜访他的人也愈来愈多，但总是在安德森教授的慎重监督下进行。这些访客包括了医学专家、不同领域的学者，以及普尔最感兴趣的宇宙飞船指挥官。

他能够告诉医生和历史学家的事情，大多可以在人类庞大的数据库里找到，不过他通常可以让他们对他那个时代的事件，找到快捷研究方式和新见解。他们都很尊重他，在他试着回答问题时，也都很有耐心地听他说；但是，他们似乎不太愿意回答他的问题。普尔开始觉得自己有点被保护过度了，大概是怕他有文化冲击吧。而他也半认真地想着，该怎样逃出自己的套房。有几次他自己一个人留在房里，不出所料，他发现门被锁上了。

然后，英德拉[1]·华莱士博士的到来改变了一切。撇开名字不提，她的外形特征似乎是日本人；好几次，普尔运用一点点的想象力，便觉得她其实比较像练达的日本艺伎。对一位声名卓著的历史学家来说，这似乎不是个很恰当的形象，何况她在有真正常春藤盛放的大学里，还开设了虚拟讲座呢。在所有拜访普尔的人里面，她是头一个可以把普尔所使用的英文说得很流利的人，所以普尔很高兴认识她。

“普尔先生，”她用一种非常有条不紊的声音开始，“我被指定做你的正式监护人，姑且说是导师吧。我的学历呢，我是专攻你们时代的。论文题目是《2000—2050年代间国家的瓦解》。相信在

---

1 英德拉原名为Indra，来自印度教神祇因陀罗。——编者注（本书中注释如无特别说明，均为编者注）

很多方面，我们都能彼此协助。”

“我也相信。不过我希望第一件事，就是把我弄出去。这样我才能见识一下你们的世界。”

“这正是我们打算做的事。不过要先给你一个‘身份’。不然的话，你就……你们是怎么说的？不是个人。几乎哪里都去不成，什么事也办不了；没有任何输入设备能判读你的存在。”

“我就知道。”普尔苦笑，“我们那时候就有点像这样了，很多人都不喜欢。”

“现在也是啊。他们躲得远远的，住在荒野里。现在地球上这样的人比你们那个时代还多！不过他们都会随身携带通信包，以便碰到麻烦时可以赶快求救；通常要不了五天，他们就会求救了。”

“真遗憾，人类显然退化了。”

他小心翼翼地试探她，想找出她的容忍度，勾勒出她的个性。显然他们俩会有很长的时间在一块儿，而且他在许多方面都得依赖她。不过他还是不确定自己到底会不会喜欢她。说不定她只是把他当成博物馆里引人入胜的展示品罢了。

出乎普尔意料，她居然同意普尔的批评。

“就某些方面而言，或许是真的。我们的体能可能变得比较差，但比起以前的人类，我们健康多了，而且也调适得相当不错。所谓‘高贵的野蛮人’，一直是个传说。”

她走到门前眼睛高度的一个小小四方形面板前，那面板大小如同古早印刷时代中无限泛滥的那些杂志。普尔注意到，好像每个房间里都至少会有一个，通常总是空白的；偶尔上面会有几行缓缓移动的文句。就算其中有些字他认识，对他来说也完全没意义。有回他房里的一块面板发出紧急的哔哔声，他认定：不管是什么问题，反正会有人解决，所以就置之不理。幸而这个噪声结束得和开始时一样突兀。

华莱士博士把手掌放在面板上几秒钟。然后她望着普尔，微笑说道："过来看看。"

突然出现的刻文这回可算有意义了，他慢慢念出：

华莱士，英德拉[F2970.03.11 / 31.885 / 历史.牛津]

"我想这是说：女性，2970年3月11日生，在牛津大学历史系任教，我猜31.885是个人标识码，对吗？"

"好极了，普尔先生。我看过你们的电子邮件地址和信用卡号码，一串乱七八糟、讨厌的字母加数字，根本没人记得住！不过每个人都知道自己的生日，顶多只会跟其他99999个人相同。所以，一个五位数字就很够了……就算忘记了，也没什么关系。如你所见，那是你身体的一部分呢。"

"植入式的吗？"

"出生就植入的毫微芯片，一手一个，以备万一，植入的时候根本就没感觉。不过你倒给了我们一个小小的难题。”

“什么问题？”

“你会碰到的那些读取装置都太笨了，没办法相信你的生日。所以，如果你同意的话，我们会把你的生日加上一千年。”

“同意。其他部分呢？”

“随你便。可以留白，或者写现在的兴趣和所在地。不然拿来当公布栏，开放式的，又或者只给特定友人看都行。”

有些事情，普尔很确定，即使是经过许多世纪也不会改变。那些所谓“特定”友人中，有很大一部分其实是非常私密的。

他在想，在这个时代，不知还有没有自律式，或强制式的监督，他们在改善人类道德上的努力，是否比他自己的时代有成效。

等他和华莱士博士比较熟稔的时候，一定要问问她。

4 观景室

“弗兰克，安德森教授认为你的体力已经够好，可以出去走走了。”

“真高兴听到这个消息。你知道‘闷出病来’这个俗语吗？”

“没听过，不过我也猜得出来。”

普尔已经习惯这么低的重力，所以即使是跨着大步走，看起来也很正常。他估计此地应该是半个重力加速度，正好让人觉得舒适。散步的时候，他们只遇到几个人，虽然都是陌生人，但大家都露出笑容，仿佛认识他。普尔有点沾沾自喜地告诉自己，现在我应该是世上最有名的人之一了吧。等到我决定如何过下半辈子的时候，这应该会很有帮助。至少我还有一个世纪可活，如果安德森可以信赖……

他们散步的走廊，除了偶尔可见几扇标着数字的门之外（每扇门上都有一块通用识别板），毫无特色可言。跟着英德拉走了大概两百米之后，他突然停了下来，因为发现自己竟未注意到这么明显的事实。

“这个太空站一定大得不得了！”他大叫。

英德拉报以微笑。

“你们是不是有句话——‘你任何事都还没看到’？”

“是‘什么事’[1]。”普尔心不在焉地纠正她。等他又吓了一跳的时候，他还在试图估计这座建筑的规模。谁能想得到，一个太空站居然大到拥有地铁——尽管只是一列迷你地铁，只有一节只能坐十来个乘客的车厢。

“三号观景厅。”英德拉吩咐，车子便静静地迅速驶离车站。

普尔朝腕上精巧的手表对了对时间；这只手表功能繁多，他还没研究透彻。其中一个小小的惊奇，就是现在全球通用的是“世界时”，以前那个令人迷惑、拼拼凑凑的时区制，已经被全球通信的精进给淘汰了。其实早在21世纪，就已经有很多人讨论这个问题；甚至还有人建议，应该用“恒星时”取代“太阳时”。这么一来，在一整年中，一天二十四小时都会轮流变成正午，所以一月的日出，会与七月的日落同时。

1　英德拉所说的原文为：You ain't seen anything yet? 普尔纠正她正确说法应该是nothing而不是anything。

不过，这个“二十四小时平等”的提案，和争议更多的历法改革提案，都没什么下文。有人讥讽地建议，这个特殊工作，应该要等到科技上有某些重大进展才能进行。当然，总会有那么一天，上帝所犯的这个小小错误会被修正，地球的轨道会被调整，让每年的十二个月都有完全相等的三十天……

根据普尔对行车速度与时间所做的判断，在车子无声地停下之前，他们至少已行驶了三公里。门打开，一个抑扬顿挫的柔和自动语音说道：“请尽情欣赏风景，今日云量是百分之三十五。”

普尔想，我们终于接近外墙了。可是又有神秘事件出现：他已经移动了这么远，重力的强度和方向却没有改变！如果这样的位移，还没能改变重力加速度向量，那他真无法想象这个太空站有多巨大……会不会，他终究还是在一颗行星上呢？可是在太阳系其他的可住人世界里，他应该会觉得比较轻，而且通常轻得许多才对。

车站的外门打开，普尔便置身于一个小型气闸内。他明白自己必定还是在太空里。可是宇宙飞行服在哪儿？他焦虑地四处张望——如此接近真空，却赤裸裸地没有保护装备，已违背了他所有的直觉。这种经验，一次就够了……

英德拉安慰他说：“就快到了……”

最后一扇门打开了，透过一面横向、纵向都呈弧形的巨大窗户，他望进了太空的全然黑暗。他觉得自己仿佛鱼缸里的金鱼，希望这个大胆工程的设计组神志清楚。比起他的时代，这些人当然会拥有比较好的建筑材料。

虽然群星一定在窗外闪烁，但普尔那双已缩小的瞳孔，在巨大的弧形窗户之外，除了空洞黑暗什么也看不到。他向前走，想让视野变得更广阔，英德拉却阻止了他，并指着前方。

“看仔细了。”她说，“你看到了吗？”

普尔眨眨眼，望进黑暗之中。那一定是幻觉——怎么会有这种事？窗上居然有道裂缝！

他从这边看到那边，不可能，居然是真的。但怎么可能呢？他想起欧几里得的定义：“线有长度，但是没有厚度。”

如果仔细去找，很容易看见一线光明，由上而下贯穿整面窗子，显而易见地还上下伸展至视野之外。它是如此接近一维，甚至连“薄”这个字眼都用不上。然而，那也不是一条百分之百单调的直线，整条直线，在不规律地散布着明亮的光点，仿如蛛丝上的水珠。

普尔继续朝窗户走去，直到视野宽阔得可以看到下面的景致。够熟悉的了：

整个欧洲大陆，还有北非的大部分，正如他许多次从太空中看到的一样。所以他毕竟还是在轨道上喽；说不定是在赤道正上方，至少距离地表一千公里。

英德拉带着揶揄的笑容看着他。

“再走近点，”她温柔地说，“这样你就可以直直地往下看。希望你没有恐高症。”

怎么会对航天员说这种蠢话！普尔边走边想。如果我有恐高症，就不会来干这一行了……

这个念头才刚刚闪过脑际，他就不由自主倒退了几步，大叫：“上帝啊！”然后定了定神，才敢再往外看出去。

他正由一个圆筒状高塔的表层往下看着遥远的地中海。塔壁平缓的弧度显示其直径长达数公里。但比起塔的高度，那还算不上什么：塔身往下逐渐变小，一路往下、往下、再往下，最后消失在非洲某处的云雾中。他猜想，应该是一路直达地面。

“我们在多高的地方？”他悄声问。

“两千公里。不过你往上看看。”

这次他没吓得那么厉害了，他已有心理准备。塔身逐渐变细，直到变成一丝闪烁的细线，衬着黑漆漆的太空。毫无疑问，塔是一路向上，一直到地球的同步轨道，即赤道上方三万六千公里的高空。在普尔的时代，这样的幻想已经很普遍，但他做梦也没想到，自己能看到真实的景象——而且还住在里边。

他指着远处由东方地平线直上天际的细线。

“那一定是另外一座塔了。”

“是的，那是亚洲塔。在他们看来，我们一定也像那样。”

“一共有几座塔？”

"只有四座，等距分布在赤道上。非洲塔、亚洲塔、美洲塔和太平洋塔。最后一座几乎是空的，才盖完几百层而已。除了海水之外什么都没得看……"

普尔还沉浸在这个令人惊叹的想法中，却又被另一个恼人的念头打断。

"在我们那个时代，早就有几千颗卫星散布在各种高度，你们怎么避免它们撞到塔呢？"

英德拉看来有点窘。

"你知道吗，我从来没想过这个问题，这并非我的领域。"她停顿了一会儿，显然正搜索枯肠，然后又开朗起来。

"我想，在几个世纪以前有次大规模的清除行动。现在同步轨道以下已经没有任何卫星了。"

听来有理，普尔告诉自己，根本就不再需要卫星，以前由数千颗卫星和太空站所提供的服务，现在都可以由这四座摩天高塔负责。

"都没有发生过意外吗？从地表起飞，或重返大气层的宇宙飞船都没有撞上过？"

英德拉惊讶地看着他。

她指着上方说："可是再也没有这回事了。所有的太空航站都在该在的地方——在上面，外环那儿。我相信，宇宙飞船最后一次从地表起飞，已经是四百年前的事了。"

普尔仍在咀嚼这番话，但有件不合常理的小事引起他的注意。身为一个训练有素的航天员，他对任何有违常理的事情都会立刻警觉；因为在太空中，那可能就是生死关头。

太阳在他的视线范围之外，高挂天际。但阳光穿过大窗，在地板上抹出一道明亮的光带。与这光带交叉的，是另一条微弱许多的光线。所以，窗框投射出两道影子。

普尔几乎要跪在地上，才能抬头看到天空。对于新奇的事物，他本来以为自己已经免疫；但看到两个太阳的奇景，还是让他一时说不出话来。

等透过气来，他喘息着问："那是什么啊？"

"咦，没人告诉过你吗？那是'太隗'。"

"地球还有另一个太阳？"

"其实它没有提供多少热量，不过倒是让月亮相形失色……在去找你的'第二次任务'以前，那颗原本是木星。"

我就知道在这个新世界有很多东西要学，普尔告诉自己。但是究竟有多少，我无法想象。

5 教育

当电视机被推进房间并安置在床尾时，普尔真是又惊又喜。喜的是他正苦于信息饥渴；惊讶的是，那竟是一部在他的时代就已被淘汰的古老机种。

护士长提醒他说："我们得向博物馆保证会归还。我想你应该知道怎么操作吧。"

把玩着遥控器，普尔突然感到一阵剧烈的乡愁袭上心头。就像其他少数几样器物一般，它让他忆起童年，以及大多数电视机都简单得无法接收语音指令的日子。

"谢谢你，护士长。请问最好的新闻频道是哪一个？"

她似乎被他问倒，但随即又开朗起来。

"我懂你的意思了。不过安德森教授认为那对你尚嫌太早。所以‘档案管理处’为你制作了一片专辑，会让你很有亲切感的。”

普尔在想，不知此时此刻的储存媒体是什么。他还记得激光唱片，还有古怪的老舅舅非常引以为傲的黑胶唱片收藏。不过这种科技竞争一定早在几个世纪前就结束了，服从达尔文的定律——优胜劣败，适者生存。

他不得不承认，制作这张精选辑的人，必定相当熟悉21世纪初期（会不会是英德拉呢？），成果相当不错。没有令人不悦的东西，没有战争，没有暴力，只有一点点当代事务和政治，那些和现在都完全无关了。有轻松的喜剧、运动（他们怎么知道他是狂热的网球迷？）、古典和流行音乐，还有野生动物纪录片。

而且，不管是谁负责的，他一定是个有幽默感的人，不然不会把每一代的《星际迷航》也收录一些进去。当他还很小的时候，曾经见过帕特里克·斯图尔特和伦纳德·尼莫伊[1]。如果他们知道当年那个羞赧地要签名的小男孩后来的命运，不知会有什么样的想法。

他开始探索（大部分都是用“快转”）之后没多久，突然有种很令人泄气的想法。他不知在哪儿读过，在他们那个世纪（他的世纪！）快结束的时候，有将近五千个电视台同时播放节目。如果这个数字继续维持——更理所当然的是会增加，那现在一定有亿万小时的电视节目已经播出。就算是最保守的老顽固也不得不承认，

1　两人分别在《星际迷航：下一代》系列剧集和《星际迷航》系列电影中扮演皮卡德船长和斯波克。

应该至少有十亿个小时的电视节目值得看……还有百万个小时，是可以通过最严苛标准的优秀节目。他要怎么在大海里捞这些针?

这个念头排山倒海而来，的确，是如此令人灰心丧志。所以，在一个星期漫无目的随意转换频道之后，普尔要求把电视机移走。或许幸运的是，他独处的时间愈来愈少，而随着体力的恢复，他清醒的时间也愈来愈长。

多亏了那些川流不息的访客——不只是严肃的学者，还有些好管闲事的公民（应该也很有影响力吧，竟然有办法渗透过由护士长和安德森教授筑起的铜墙铁壁），他才没有无聊的危险。然而，当某天电视机又出现的时候，他还是很高兴；他已经开始出现禁断症状了。这次，他下定决心好好选择要看些什么。

英德拉跟着这个古色古香的古董一起出现，脸上挂着灿烂的笑容。

“弗兰克，我们找到一些你非看不可的东西。我们认为可以帮助你调适。总之，我们确定你一定会喜欢。”

普尔早就知道，这种评语几乎可以说是保证无聊的代名词，他已经做好最糟的心理准备。不过节目一开始，便马上吸引住他，像其他少数几件东西一样，把他带回了旧日时光。他立刻认出当年最有名的声音之一，还想起自己曾经看过这个节目。

“这里是亚特兰大市，公元2000年12月31日……

“这是CNN，再过五分钟，带着未知的危险与希望，新的千禧年，即将来临了……

“不过在试图探索未来之前，先让我们回头看看一千年前，并且自问：‘如果生活在公元1000年的人，神奇地跨越了十个世纪，他们是否能够想象，甚至了解我们的世界呢？’

“几乎所有我们视为理所当然的科技，都是在这个千禧年的末尾发明的，其中还有很大部分，是出现于最近两百年。蒸汽机、电力、电话、收音机、电视、电影、航空、电子装置……还有，仅仅一代的时间，核能与太空旅行也出现了。过去那些伟大的智者会如何看待这些？如果阿基米德、达·芬奇突然掉进我们的世界，他们还能保持心智正常吗？

“我们忍不住会想，如果是我们被送到一千年以后的世界，应该会适应得比较好。当然，因为比较重要的科学发明都已经出现了。即使还会有科技上的重大进展，但是否还会出现令我们难以理解，就如同口袋型计算器或摄影机等令牛顿难以理解的装置？

“或许我们的时代，与过去所有的时代确实有所不同。电信科技、大气与太空的征服、影音记录科技（得以保存过往一去不回的声音与影像），样样都制造出连过去最狂野的幻想都无法想象的文明。同样重要的，是哥白尼、牛顿、达尔文与爱因斯坦，他们大大改变了我们的思考模式，以及对宇宙的展望，让我们即使是与最优秀的祖先相比，也像新的物种一般。

“而一千年之后，会不会如同我们看待无知、迷信、受尽生老病死折磨的祖先一般，我们的后代也用同情的眼光来看待我们？我们相信，连祖先们不懂得问的一些问题，我们都已经知道答案了。但是，第三千禧年，会带给我们什么样的惊奇呢？

“好，时间到了……”

一口大钟敲响代表午夜的钟声，不久，最后一波震动也逐渐归于寂静……

“就这么结束了……再见，既美好又糟糕的20世纪……”

画面裂成无数碎片，换了一位实况转播员，说话带着普尔已经可以轻松了解的现代口音，马上把普尔拉回现实。

“现在，在3001年的头几分钟，我们能回答这个古老的问题了……

“当然，如我们刚才看到的，这些活在2001年的人，如果活在我们的世纪里，应该不会像1001年的人到了他们的时代那样完全迷失吧。我们的许多科技成就，都已在他们预期之内。诚然，他们早已设想过卫星城市以及月球和行星上的殖民地。他们也可能会有点失望，因为我们还没能长生不死，探测船也只到达最近的几颗恒星上而已……”

英德拉突然把电视机关掉。

“弗兰克，其他的等一下再看，你有点累了。不过希望这有助你调适。”

“谢谢，英德拉，我明天再看。不过它倒是证明了一点。”

“哪一点？”

“谢天谢地，我不是从1001年跑到2001年。那会是个太大的跃进，我才不信有谁能调适得过来。我至少还知道电力；如果有幅画突然跟我说话，我也不会吓得半死。”

普尔告诉自己，希望这种自信不至于太过分。有人说过，高度发展的科技与魔法无异。在这个新世界里，我会不会遇到魔法？又有没有办法面对它呢？

6 脑　帽

“恐怕你得做个痛苦的决定。”安德森教授说，但他脸上那抹笑意冲淡了话中夸张的严重性。

“教授，我受得了，您就直说吧！”

“在你可以戴上自己的‘脑帽’前，得要把头发剃光。你有两个选择：根据你的头发生长速度，至少每个月要剃一次头发，不然你也可以弄个永久的。”

“怎么弄？”

“激光头皮手术，从发根把毛囊杀死。”

“嗯……可以恢复吗？”

“当然可以，不过过程既烦琐又痛苦，要好几周才会完全康复。”

“那我做决定前，要先看看喜不喜欢自己光头的样子。我可忘不了发生在参孙身上的事。”

“谁？”

“古书里面的人物。他的女朋友趁他睡着时，把他的头发剪掉。等他睡醒，力气全都没了。”

“我想起来了，显然是个医学譬喻嘛！”

“不过，我倒不介意把胡子除掉。我乐得不用刮胡子，一劳永逸。”

“我会安排。你喜欢怎样的假发？”

普尔哈哈大笑。

“我可没那么爱慕虚荣——想这些很麻烦，说不定根本用不着。晚一点再决定就好了。”

在这个时代，每个人都是后天的光头，这是普尔很晚才发现的惊人事实。他的第一次发现，是在几个头一样光、来替他做一连串微生物检验的专家抵达之际。他的两个护士落落大方地摘下头上豪华的假发，一点都没有不好意思的样子。他从来没被这么多光头包围过，他最初的猜测，还以为这是医学专业在无止境的细菌对抗战中最新的手段。

如同其他诸多猜测，他错得离谱。等知道了真正的原因，他自娱的方法就是：统计在事先不知情的情况下，他可以看出多少来客的头发不是他们自己的。答案是：“男人，偶尔；女人，完全看不出来。”这可真是假发业者的黄金时代。

安德森教授毫不浪费时间。当天下午，护士在他头上抹了某种气味诡异的乳霜，一小时之后，他几乎不认得镜里的自己了。毕竟，说不定有顶假发也不错……

脑帽试戴则花了比较久的时间。先要做个模子，他得一动不动地坐着好几分钟，直到石膏固定。护士帮他脱离苦海的时候有点麻烦，她们很不专业地吃吃窃笑，让弗兰克觉得自己的头型长得不好。“哟！好痛！”他抱怨。

然后来的就是脑帽了，它是个金属头罩，舒服地贴着头皮，几乎要碰到耳朵。这又拨动了他怀旧的情绪：“真希望我的犹太朋友看到我这个样子！”脑帽是这么舒服，几分钟之后，他几乎忘了它的存在。

他已经准备好要安装了。他现在才带着点敬畏地了解，那是五百年以来，几乎所有人类必经的成年仪式。

“你不用闭眼睛。”技师说。人家把他介绍给普尔时，用的是“脑工程师”这个夸张的头衔，不过流行语里面总是简化成“脑工”。“等一下开始设定的时候，你所有的输入都会被接管。就算你睁开眼睛，也看不到东西。”

普尔自问，是不是每个人都跟我一样紧张？这会不会是我能掌控自己心智的最后一刻？我已经学会信任这个年代的科技，到目前为止，它还没让我失望过。当然了，就像那句老话，凡事总有第一次……

如同人家跟他保证过的，除了毫微电线钻进头皮时有点痒，他什么感觉都没有。所有感官完全正常，他扫视熟悉的房间，东西也都还在该在的地方。

脑工自己也戴着脑帽，而且跟普尔一样，连到一个很容易被误以为是20世纪笔记本电脑的仪器上。他给普尔一个令人安心的微笑。

“准备好了吗？”

有时候，最适合的还是这句老话。

“早就准备好了。”普尔回答。

光线渐渐暗去——或者看来如此。一阵寂静降临，即使是塔的重力也放过了他。他是个胚胎，浮沉在无质无形，却并非全然黑暗的虚空。曾有一次，他见过这样在黑夜边缘、几近紫外线的黯黑。那次，他不很聪明地沿着“大堡礁”边缘的险峻礁岩朝下潜泳。往下看着几百米深的晶莹空虚，他突然感到一阵天旋地转，有好一会儿他慌了手脚，差点就要拉动浮力装置。当然，他没有把这次意外告诉航天总署的医生……

一个声音远远传来，透过像是包围着他的无边黑暗。但是声音并非透过他的耳朵，而是在他的大脑迷宫中回荡。

“校准开始，会不时问你一些问题。你可以在心里回答，不过开口说出来可能有帮助。懂了吗？”

“懂了。”普尔回答，同时想着自己的嘴唇不知动了没有。事实如何，他自己也无从得知。

有什么东西出现在虚空中——由细线构成的格子，好像一张巨大的方格纸，往上下左右延伸，直到超出视野。他试着转头，影像却没有改变。

数字开始在格子中闪烁，快得没法读。不过他猜测应该是某些回路正在记录。那种熟悉的感觉让他忍不住笑了（他的嘴角动了吗？），这好像是他那个年代，眼科医师会给病人做的计算机视力测试。

格子消失了，取而代之的是一片片柔和的色彩，充满了他的视野。几秒钟之内，颜色便从光谱的这头跳到那头。普尔悄声咕哝：“早该告诉你，我没色盲，下个该是听力了吧。”

他猜得一点都没错。一阵微弱、咚咚的声音逐渐加快，直到可听闻到的最低C音，然后又扬升到人类听觉范围之外，进入海豚与蝙蝠的领域。

接着便是这组简单、直截了当的测验的最后一项。他被一阵气味和口味袭击，大部分令人愉悦，但也有些正好相反。然后，他变成，或说看起来像是被隐形细线操控的傀儡。

他料想是在测试神经肌肉控制，而且希望自己没有外在表现；不然，他看起来一定就像舞蹈症末期的病人。有一会儿，他甚至还猛烈地勃起，不过还没来得及检查，就掉入了无梦的沉眠中。

还是他梦到自己睡着了？醒来之前过了多久，他一点也不清楚。头罩已经消失，脑工和他的设备也不见了。

护士长笑得很开心："一切都很好。不过要花几个钟头看看有没有异常。如果你的读数KO的话——我是说OK，那你明天就会有自己的脑帽了。"

对于周遭的人努力学习古英语，普尔非常感激，但他禁不住希望护士长没脱口而出那么不吉利的话。

等到最后安装的时刻到来，普尔觉得自己又变成了小男孩，等着要拆开圣诞树底下美妙的新玩具。

脑工向他保证说："你不用再经历一次设定的过程，下载会马上开始。我将给你一段五分钟的展示。放轻松点，尽情享受。"

柔和而令人放松的音乐洗涤着他，听起来虽然耳熟，是他那个年代的音乐，但他却无从分辨。他眼前有片雾，当他朝前走去，雾便向两旁分开。

他真的在走路！这幻觉那么有说服力，甚至可以感觉到脚掌与地面的撞击；音乐已经停了，他可以听到轻柔的风吹过环绕着他的森林。他认得那是加州红杉，希望它们仍然真的存在，在地球的某处。

他踏着轻快活泼的步伐前进，好像时间轻轻催促他一般，他尽可能跨大步伐，快得称不上舒适。然而他却好像没有出什么力气，觉得自己像是别人身体里的过客，因为他无法控制自己的动作，使得这种感觉益加明显。他试着要停下或转弯，却什么都没有发生，他是搭别人身体的便车兜风。

那也无所谓，他享受着这种新奇的感觉，也能体认这样的经验可以令人多么沉醉。在他的年代，科学家们所预言（通常带着忧虑）的“梦幻机器”，如今是日常生活的一部分。普尔不禁猜想，有多少人类能活下来？人家告诉他，有许多人都没能通过，好几百万人大脑被烧坏，死去了。

当然，他对这种诱惑可以免疫！他要把它当成学习第三千禧年世界的优秀工具，花几分钟就能学会原本要耗上多年光阴才能专精的技术。嗯——可能他也会偶尔纯粹为了好玩而使用脑帽……

他来到森林的边缘，目光越过一条宽广的河流。他毫不犹豫地走进水里，连水已经淹过了头也没警觉。他还能正常地呼吸，感觉上是有点奇怪。不过他觉得，在人类肉眼无法对焦的介质中，还看得那么清楚，倒比较值得一提。他可以清楚看见游过身旁那些壮丽鲢鱼的每片鱼鳞，而它们显然无视于这个侵入者的存在。

美人鱼！哇，他一直都想看看的，不过他原本以为她们是海洋生物。还是，她们偶尔也会溯溪而上，像鲑鱼一样来此繁衍下一代？他还来不及问，她就不见了，没能让他证明这革命性的理论。

河流终止于一堵半透明的墙，他穿过墙壁，来到烈日下的沙漠。太阳的酷热炙得他很不舒服，但他仍可直视正午太阳的烈焰。还能以很不自然的清晰度，看到聚集在一侧仿若群岛般的太阳黑子。还有——当然不可能！他甚至看得到日冕的微弱光辉（通常只有在日全食时才看得到），如天鹅的羽翼般在太阳的两侧伸展。

一切都化成黑暗。鬼魅般的音乐又出现了，伴随而来的，是他熟悉的房间与令人愉悦的清凉。他睁开眼睛（合上过吗？），发现有个热切期盼的观众正等着看他的反应。

“太棒了！”他小声地、几乎尊敬地说，“其中有些似乎——比真实更真实！”

然后，他那从来未曾消失的、身为工程师的好奇心开始蠢蠢欲动。

“就算是这么短的展示也包含了大量的信息。你们是怎么储存的？”

“在这个光片里。跟你们的视听系统用的一样，不过容量大多了。”

脑工递给普尔一个小方块，看来由玻璃制成，表面银色，差不多是他年轻时那些计算机磁盘的大小，不过却有两倍厚。普尔前后翻弄光片，试着看进透明的内部，但是除了偶尔闪烁的虹彩，什么都看不到。

他明了，他手中拿着的，是电光科技发展千年之后的终极产品，正如同许多在他的时代还未曾问世的科技一般。而且，表面上与已知器具类似，也是意料中事。日常生活中使用的器具，许多都有方便的大小和外形——刀叉、书本、工具、家具等；还有可洗去的计算机内存。

他问："它的容量有多大？我们那个时候，这个大小差不多是一兆位。我想你们一定进步得多。"

"可能没你想象的那么多，依照物质的结构来说，总是有个限度。对了，一兆位是多大？我恐怕不记得了。"

"你真丢脸！千、百万、十亿、兆……那是十的十二次方个位。然后是千兆位，十的十五次方，我只知道这么多。"

"我们差不多就是从那儿开始的，那已经够把一个人一生的经历都记录下来了。"

真是个令人惊奇的想法，不过也不应该太令人意外。人类头盖骨内那一公斤的胶状物，并不比他手上的光片大多少，而且不是很有效率的储存装置，它同时得负责许多其他任务。

脑工继续说下去："还没完呢！如果配合数据压缩的话，不只可以储存记忆，连人都能装进去。"

"然后让他们再生吗？"

"当然了，那是'毫微组合'的雕虫小技。"

我是听说过，但从来没有真的相信，普尔对自己说。

在他那个世纪，能够把伟大艺术家一生的作品统统储存在一片小小的磁盘里，似乎已经够美妙了。

而现在，不比磁盘大多少的装置，竟然连整个艺术家都装得进去。

7 简报

“真高兴，”普尔说，“过了这么多世纪，史密森尼博物馆还存在。”

“你可能认不得了。”自我介绍是星航署署长的阿利斯泰尔·金博士说道，“尤其整个博物馆现在分散在太阳系里——地球外的主要收藏点在火星和月球，其他还有很多依法属于我们的展示品，现在都还朝着别的恒星飞去。总有一天，我们会追上，带它们回来。我们特别急着要抓回‘先锋十号’，它是第一个溜出太阳系的人工物品。”

“我相信他们找到我的时候，我也差一点就溜出去了。”

“你运气好——我们也是。很多我们不知道的事，说不定你可以提供线索。”

"坦白说，我倒很怀疑，不过我会尽力而为。在那个失控的分离舱撞到我之后的事，我一点都不记得了。不过我还是觉得难以置信，听说'哈尔'要负责？"

"没错，但是事情经过相当复杂。我们所知道的都在这份记录里——差不多是二十小时，不过大部分应该都可以'快转'过去。

"你应该知道，戴维·鲍曼乘二号分离舱去救你，结果却被锁在宇宙飞船外面，因为哈尔拒绝打开宇宙飞船出入口。"

"看在上帝的分上，为什么？"

金博士怔了一下，这不是普尔第一次注意到人家这种反应。

（我得小心措辞才行，在这个世纪，"上帝"好像是脏话——一定要问问英德拉。）

"哈尔的指令有些程序上的大问题——那次任务有某些层面是你和鲍曼都不知道的，而哈尔却有掌控权。在这个记录里都有……

"无论如何，哈尔切断了其他三个冬眠航天员的维生系统——他们是α小组——所以鲍曼也只好抛去他们的尸体。"

（所以戴维和我是β小组喽，这我倒不知道……）

"他们怎样了？"普尔问，"难道不能像救我一样，把他们也救回来吗？"

"恐怕没办法，当然我们也研究过可行性。鲍曼从哈尔手上夺回控制权之后，又过了几个小时才把他们射出去。所以他们的轨道和你有点不一样，足以让他们在木星上烧毁——你却擦边而过，要是再过几千年，那个重力助推会让你一直飘到猎户星云去……

“一切都是手动强制接管，实在是了不起的表现！鲍曼设法让发现号环绕木星运行，然后在那里碰到被‘第二探险队’称为‘老大哥’的东西——看来跟第谷石板一模一样，却大了几百倍。

“我们就在那儿失去他的踪迹，他坐上仅剩的分离舱离开发现号，和老大哥会合。快一千年了，他最后的信息一直困扰着我们。他说：‘神啊——全是星星！’”

（又来了！普尔告诉自己，戴维才不会这么说……他一定是说“上帝啊——全是星星！”）

“显然分离舱是被某种惯性场拉进了那块石板，因为那样的加速度原本可以把分离舱和鲍曼都压扁，他们却都安然无恙。在美俄联合的‘列昂诺夫’任务之前差不多有十年左右，大家所知仅止于此。”

“他们跟被遗弃的发现号会合，钱德拉博士才能上船，重新启动哈尔。是的，我知道。”

金博士看来有点尴尬。

“抱歉，我不确定你到底听说了多少。总之，那时发生了更奇怪的事情。

“列昂诺夫号的抵达，显然触动了老大哥的某种机制。如果不是这些记录，没人会相信所发生的事。我放给你看……这是海伍德·弗洛伊德博士，电力恢复后他在发现号上守夜，你一定认得每样东西吧。”

（我确实认得。而看着死去已久的海伍德·弗洛伊德坐在我的老位子上，还有哈尔不再闪烁的红眼睛在检查着视野中的每样东西，这是多么奇怪呀……更怪的是，想到哈尔和我都享有死而复生的经验……）

其中一个监看器上出现一则信息，弗洛伊德懒懒地答道：“好吧，哈尔，谁在呼叫？”

未表明。

弗洛伊德显得有点不耐烦。

“好吧，请告诉我信息内容。”

留在这里很危险，你在十五天内一定要离开。

“绝对不可能，要二十六天以后才会出现‘发射窗口’。我们没有足够的推力提早出发。”

我了解这些状况。即使如此，你还是得在十五天内离开。

“除非知道信息来源，不然我无法相信……是谁在跟我说话？”

我曾是戴维·鲍曼，你必须相信我，这很重要。看看你后面。

海伍德·弗洛伊德坐在旋转椅上，从计算机屏幕的一排排仪表盘与按钮前慢慢转过身来，看着身后覆盖着尼龙搭扣的狭窄通道。

（“仔细看。”金博士说。

这还用你说，普尔想着……）

零重力的发现号上层甲板，比普尔的印象中脏多了。他想，或许是空气滤清设备还没连上计算机吧。一束平行光线，来自虽遥远但仍明亮的太阳，流泻进巨大的观景窗，照亮了无数遵循布朗运动模式飞舞的尘埃。

然后，这些灰尘分子发生了奇怪的状况：似乎有某种力量在引导它们，把中央的赶到外头，又把外面的推向中间，直到它们形成一个球面。这直径约有一米的球体，在空中徘徊了一阵，像个巨型肥皂泡。然后它拉长成椭球形，表面也开始出现皱褶与凹陷。而当它开始显现人形时，普尔一点也不觉得意外。

他曾在博物馆和科学展览中，看过这样的人形从玻璃里吹出来。不过这个灰尘幽灵一点也不精确，它像个粗糙的黏土雕像，或说像是在石器时代洞穴中发现的工艺品。只有头部经过仔细雕琢，而那毫无疑问是戴维·鲍曼指挥官的脸。

嘿，弗洛伊德博士，你现在相信我了吧。

人形的嘴唇并没有动，普尔察觉到那个声音（确实是鲍曼的声音没错）其实是从扬声器里传出来的。

这对我来说非常困难，我没有多少时间。我获准传达这则警讯，你们只有十五天。

“为什么？你又是什么东西？”

但那个鬼魅般的人形已经开始消失，粒状的外层开始分解成原本的尘埃分子。

再见，弗洛伊德博士，我们不能再联络了。如果一切顺利，可能还会有另一则信息。

在影像消逝之际，这句老太空时代的口头禅让普尔不禁莞尔。“如果一切顺利”——不知有多少次，在执行任务之前他总会听到这句话！

鬼影消失了，只剩下飞舞的微尘，又恢复原本随机舞动的模式。普尔努力振作精神，才能回到现实。

“嗯，指挥官，你认为那是什么东西？”金博士问他。

普尔尚未从震撼中恢复，好几秒之后才反应过来。

“脸孔和声音是鲍曼的没错——我可以发誓。可是，那到底是什么东西？”

“我们到现在都还争论不休，可以说它是全息影像，是投影——当然了，如果有心的话，造假的方法多的是；但却不是在那种情况下！当然，之后就发生了那件事。”

“太隗？”

“对，多亏那则警讯，在木星爆炸前，他们刚好有足够的时间逃出来。”

“所以不管它是什么，那个像鲍曼的东西很友善，而且想帮忙。”

“想必如此，而且那也不是它最后一次出现。还有另一则信息，是警告我们不可试图登陆欧罗巴，或许也是它带来的。”

“所以我们从未登陆过？”

“只有一次，纯属意外——三十六年之后，‘银河号’被劫持，迫降在那里，而它的姐妹船宇宙号不得不去救它。都在这儿了——里面有一些‘自动监视器’记录到关于欧罗巴生物的事。”

“我等不及要看看。”

“它们是两栖类，什么形状什么大小都有。一旦太隗开始融解覆盖那个世界的冰雪，它们便从水中冒出来。从那时起，它们就以一种生物学上不可能的速度在演化。”

“就我对欧罗巴的印象，冰上不是有很多裂缝吗？说不定它们早就爬出来，观望好一阵子了。”

“这个说法广为接受，不过还有一个臆测性高得多的理论。石板可能脱不了干系，详细情形我们还不了解。触发那种思路的，是TMA-0的发现。就在地球上，差不多是你的时代之后五百年，你应该已经听说了吧？”

“模模糊糊——有太多东西要恶补了！不过我真的认为名字取得有点可笑，它既没有异常磁性，又是在非洲而不是在第谷发现的！”

“你说得相当正确，不过我们还是沿用那个名字。我们对石板知道得愈多，怀疑就愈深一层。尤其它们仍是地球以外存有先进科技的唯一证据。”

“这倒挺让人惊讶的。我还以为到了这个时候，我们已经从某处接收到什么电波信号了。我还是小孩时，天文学家就开始寻觅了！”

“嗯，是有个线索——不过很可怕，我们不大喜欢谈。你听说过‘天蝎新星’吗？”

“好像没有。”

“当然，每天都有恒星变成新星，这个也没什么大不了的。但它爆炸前，我们已经知道天蝎新星有几颗行星。”

“有人居住吗？”

“完全无从判断，电波搜寻什么也没发现。而真正的梦魇这才开始……

“幸运的是，自动新星监测器在事件一发生的时候就发现了。爆炸并非起自恒星本身，是其中一颗行星先爆炸，然后才触发了它的太阳。”

“我的老……对不起，请继续。”

“你真是一点就通，行星根本不会变成新星——只有一个例外。”

“我曾在一本科幻小说里面读到一则黑色幽默，它说——‘超新星是工业意外’。”

“它不是超新星，可能也不只是个笑话。最广为接受的理论是，某种外力在使用真空能量，结果失控了。”

“也有可能是战争。”

“一样糟糕，我们可能永远不会知道。既然我们依赖的是相同的能源，你就知道天蝎新星为什么让我们做噩梦了。”

“我们那时候，只需要担心核电厂炉心别熔解就好了！”

“上苍保佑，已经不用了！不过我真的很想多告诉你一点TMA-0发现的经过，因为它标示着人类历史的转折点。

“在月球上发现TMA-1已经够吓人了，但是五百年之后，却出现了个更糟糕的，而且就在老家旁边——你要怎么解释老家都行。就在这儿，在我们脚下的非洲。”

8 重返奥杜瓦伊峡谷

斯蒂芬·德尔马可博士常常告诉自己，虽然这里距离利基夫妇五百多年前挖出人类第一个祖先的地方只有十来公里，但是他们大概再也认不得这个地方了。全球气温上升与“小冰河期”（被了不起的科技给缩短了）改造了景观，也彻底改变了这里的生物群。橡树和松树仍然努力向上生长，要与气候变化一较短长。

若说现在，公元2513年，在奥杜瓦伊峡谷还有东西没被那些狂热的人类学家给挖出来，实在很难令人相信。然而，最近暴发的山洪（其实根本不应该再发生的）重塑了这个地区，切掉了几米厚的表土。德尔马可利用这大好机会——就在那里，在深层扫描的极限处，出现了某样令他无法置信的东西。

进行了一年多缓慢而小心的挖掘工作，才能接近那个鬼魅般的形体，并获知真相远比他所敢想象的更奇怪。挖掘机迅速移去上面几米厚的表土，然后便依照传统，由奴隶般的研究生接手。他们的工作得到四只猩猩的协助——或说妨碍，德尔马可倒是觉得它们带来的麻烦大于它们的价值。然而，学生都爱极了这些基因改造过的猩猩，像对待智能不足却讨人喜爱的孩子一般。也有传言说，这种关系可不是仅止步于精神层面。

无论如何，最后这几米完全由人手进行，通常是使用牙刷——还是软毛的，在上面轻轻地刷。现在总算完工了：即使是霍华德·卡特，那位看见图坦卡蒙金字塔第一道金光闪烁的人，也未曾发现这样的宝物。从此刻开始，德尔马可知道，人类的信仰与哲学将有翻天覆地的改变。

这块石板，看来和五百年前在月球上发现的那块是双胞胎，就连周围的挖掘穴，大小也几乎一模一样。像TMA-1一般，它也完全不反光，非洲烈日炫目的强光与太隗苍白的微光，都被它一视同仁地吸收掉了。

一面领着相关人士下到挖掘穴里（包括六七位世上最有名的博物馆馆长、三位杰出的人类学家和两位媒体领袖），德尔马可一面在想，这么一群杰出优秀的人士，是否曾经如此沉默。但只要他们了解了周围数以千计的人造器物所代表的意义，这漆黑的长方石板绝对会制造出这样的效果。

这里是考古学家的宝窟——粗糙打磨的燧石工具、数不清的人骨、兽骨，全部细心地排列过。数百年以来，不，数千年以来，这些卑微的礼物，被拥有智慧曙光的人类祖先带到这儿，奉献给超出他们理解的神奇。

同样也超出我们的理解，德尔马可常常这么想。不过有两件事他是很确定的，虽然他不知能否证明。

这就是——时间也好，地点也好——人类真正的开始。

还有，这块石板，便是人类诸多神祇的起源。

9 空中花园

“昨晚我房里有老鼠。”普尔半开玩笑地抱怨，“可不可以帮我找只猫来？”

华莱士博士看来有点迷惑，继而哈哈大笑。

“你一定是听到哪只清洁微电鼠的声音了。我会去检查程序，免得再吵到你。如果你瞥见哪只在值勤，小心别踩到它。若是真的踩到了，它会呼救，把所有的同伴都叫来收拾残局。”

这么多东西要学——时间却那么少！不，普尔提醒自己，事情并非如此。很可能有一整个世纪在等着他，而这都要归功于这个时代的医学科技。这想法带给他的与其说是喜悦，倒不如说是恐惧。

但至少他现在能轻轻松松听懂大部分的谈话，也学会正确的发音，让英德拉不再是唯一能了解他的人。他很高兴如今英文是世界语言了，虽然法文、俄文和中文仍有众多使用者。

“我还有另外一个问题，英德拉——大概也只有你能帮我。为什么每次我说‘上帝’，别人都一副很不自在的样子？”

英德拉不但没有不自在的样子，还大笑了起来。

“说来话长。如果我的老友可汗博士在这儿就好了，他会解释给你听——不过他人在盖尼米得，治疗那些所剩不多的‘善男信女’。在所有的古老信仰都被否定之后——哪天我一定要告诉你教宗庇护二十世的事情，他是历史上最伟大的人物之一——还是需要一个名字来代表‘第一因’或‘宇宙的创造者’，如果真有那么一个的话……

“有很多建议，‘上主’‘真神’‘主神’‘梵天’什么的。统统都试过了，其中有些到现在还有人用，尤其是爱因斯坦最喜欢的‘老家伙’。不过现在好像流行用‘上苍’。”

“我会尽量记住，不过我还是觉得挺蠢的。”

“你会习惯的。我还会教你一些其他合宜的感叹词，用来表达你的感觉……”

“你说所有古老的宗教都被否定了，那现在的人信什么呢？”

“少之又少。我们不是泛神论者，就是一神论者。”

“听不懂了，请下定义。”

“在你的时代，这两者已经有所不同。不过现在最新定义如下：一神论者相信顶多只有一个神；泛神论者则说不止一个神。”

"对我来说，没什么差别。"

"并非人人如此。如果你知道那掀起了多严重的争论，一定会很惊讶。五世纪以前，有个家伙用所谓的'超现实数学'去证明在一神论与泛神论中间有无限多个等级。结果，当然就像大多数挑战无限大的人一样，他最后疯了。顺便告诉你，最有名的泛神论者都是美国人——华盛顿、富兰克林，还有杰斐逊。"

"比我的年代稍微早些——不过，很多人都搞不清楚这点，真令人讶异。"

"现在我有好消息要宣布。安德森教授终于说，那个词是什么？OK。你已经恢复得差不多，可以搬到自己的房间安顿下来了。"

"真是个好消息。在这里大家都对我很好，不过我乐于拥有自己的天地。"

"你需要新衣服，还要有人教你怎么穿，并且帮你处理很花时间的日常琐事。所以我们自作主张帮你安排了一个私人助理。进来吧，丹尼……"

丹尼是个身材矮小、肤色微黄、三十多岁的男子。出乎普尔意料，他并不像别人一样与普尔击掌招呼，借此交换信息。没错，普尔没多久就看出丹尼没有"身份"：碰到需要的时候，他就拿出一片小小的长方形塑料片，那显然与21世纪时的"智能卡"功能相同。

“丹尼同时也是你的向导和——那叫什么？我老是记不得——发音跟‘南胡’差不多的。他接受过这项工作的特别训练，相信会让你十分满意。”

虽然普尔很感激这样的安排，不过还是感到有点不太自在。一名男仆，拜托！他甚至想不起来自己是否曾经见过；在他那个时代，仆人就已经是濒临绝种的动物。他开始觉得自己像是20世纪早期英文小说里的人物了。

“在丹尼准备帮你搬家的时候，我们来个小小的旅行，到上面……到‘月层’。”

“太棒了。有多远？”

“噢，大概一万两千公里吧。”

“一万两千公里！那要好几个钟头！”

英德拉似乎对他的反应有点惊讶，随即露出微笑。

“没有像你想的那么远。我们还没有‘星舰影集’里的传输器——不过我相信他们还在努力！所以你有两个选择，我也知道你会选哪一个。我们可以坐外电梯上去，顺便欣赏风景；或者搭内电梯，享受一顿大餐和一点娱乐。”

“我不懂怎么有人想待在里面。”

“这你就不知道了。对某些人而言，那可是很令人头昏眼花的——尤其是住在低层的人。一旦高度不再是用米，而是用几千公里为单位，就连自诩不怕高的登山客也会脸色发青。”

“我愿意冒这个险，”普尔带着笑容回答，“我还去过更高的地方。”

他们通过设在高塔外墙的双层气闸（是想象力作祟吗？还是他真的感觉到一阵晕头转向？），便进入一处类似小型戏院的地方。观众席一排十张椅子，共有五排，分成五层，全部朝着一面巨大的观景窗。这样的景象仍令普尔惊慌失措，因为他没法完全忘却数以百吨的气压猛然爆入太空的景象。

其他的十来位乘客，可能从来没想过这个问题，看来是十分安逸。当他们认出普尔后，都对他颔首微笑，然后转回头去继续欣赏风景。

“欢迎来到天空厅。”一成不变的自动语音说道，“我们将于五分钟后开始上升，下层备有点心及盥洗室。”

这趟旅行不知道要多久？普尔纳闷。我们要旅行超过两万公里，一来一回：这将和我在地球上所知道的任何电梯旅行，都不相同……

在等待上升的时候，他尽情地欣赏在两千公里下方展开的、令人惊叹的景观。现在是北半球的冬天，不过气候真的改变得很厉害，因为在北极圈南部只有一点点雪。

欧洲几乎晴朗无云，清楚的地理特征让普尔目不暇接。他一个接一个认出那些历史上赫赫有名的大都市；即使在他的时代，这些都市也已经开始缩小；随着通信科技改变了世界的面貌，这些都市现在变得更小了。还有一些水域出现在不大可能的地方——在撒哈拉北部的色拉定湖，就几乎是个小型海洋。

普尔全神贯注在风景上，几乎忘了时间的流逝。他突然发觉早就过了不止五分钟，可是电梯还是静止的。有什么事不对劲吗？还是他们在等某个迟到的旅客？

然后他发现一件十分古怪的事情，让他起初拒绝相信自己的眼睛。景色扩大了，好像他已经上升了数百公里一般！甚至当他注视着的时候，还注意到有新的地貌爬进窗框。

普尔笑了起来，因为他想到了再明显不过的解释。

“差点被你骗了，英德拉！我还以为是真的——而不是录像投影！”

英德拉揶揄地望着他。

“再动动脑筋吧，弗兰克。我们十分钟前就开始上升了。现在时速至少是一千公里。虽然我听说这种电梯可以达到一百倍重力加速度，不过在这么短的旅程中则不会超过十倍。”

“不可能！在离心机里最多只能到六倍，我也不喜欢体重变成半吨的感觉。我们进来之后就没有移动过，我确定。”

普尔稍微提高了声音，突然警觉到其他的旅客都在假装不注意他们。

“我不晓得他们怎么办到的，弗兰克。不过这叫惯性场，有时候也叫‘萨哈鲁普理论’，‘萨’是指著名的苏联科学家萨哈罗夫。其他的我就不知道了。”

渐渐地，普尔心里逐渐清明，还伴随着一种敬畏的诧异感：这的确是“与魔法无异的科技”。

“以前我有一些朋友，曾经幻想过‘太空引擎’——也就是可以取代火箭的能量场，移动时让人感受不到任何加速度。我们大部分的人都觉得他们异想天开，不过现在看来他们倒是对的！我还是很难相信……而且，除非我弄错，我们开始失重了。”

“对——正在调整到月球值。等一下我们走出去的时候，会觉得自己在月球。不过看在上帝的分上，弗兰克——拜托你忘掉自己是工程师，好好欣赏风景就好。”

这个建议不错，但即使在看着完整的非洲、欧洲和大半的亚洲飞入眼帘之际，普尔还是无法忘怀这惊人的发现。不过，不应该那么惊讶的。他也知道从他的时代开始，太空推进系统已有重大的进展，却没想到会在日常生活中出现这么戏剧性的应用——如果说三万六千公里高的摩天大楼，也算是日常生活的一部分的话。

火箭时代一定在好几个世纪前就结束了。他所有的知识，无论是关于推进系统、燃烧室、离子推进器或聚变反应炉，都完全过时了。当然，那些都已经无所谓——但是他可以理解，当帆船被蒸汽船给淘汰时，那些船老大是如何悲哀。

自动语音宣布：“我们将于两分钟后抵达，请不要忘记您随身携带的行李。”此时，普尔的心情突然变了，忍不住微笑起来。

在一般的商业飞行时，他不知听过多少次这样的广播。他看看自己的手表，惊讶地发现他们才上升不到半个小时。那就是说，平均时速至少是两万公里，可是他们又似乎从没移动过。更奇怪的是——最后十分钟，甚至更久的时间，他们一定很急速地减速，照理说他们应该都头下脚上地站在天花板上才对！

门静静地打开，普尔走出去时，又感到一阵轻微的晕眩，像刚进电梯时他注意到的一样。不过这回他知道这代表着什么：他正通过过渡区，即惯性场与重力重叠之处——在月层这个拥有与月球相同重力的地方。

虽然地球不断远离的景色令人敬畏，不过对一名航天员来说，那也没什么好意外或讶异的。但谁会想到一间巨大的内室，占了塔的整个宽度，使得最远的墙也在五公里之外？也许在这个时代，月球和火星上已经有更巨大的封闭空间，不过这里也一定是太空中数一数二的。

他们正站在一座观景平台上，在外墙五十米高处，望向令人惊异的绚丽景观。显然，这里似乎努力要重塑地球的完整生物群系。在他们正下方，是一片细细长长的树林，普尔刚开始还认不得，后来才恍然大悟：原来是适应了六分之一地球重力之后的橡树。他纳闷，不知道棕榈树在这儿会长成什么样子？也许会像巨大的芦苇吧……

不远不近的地方有个小湖，湖水来自一条蜿蜒曲折流过草原的小河，河的源头消失在看来像棵巨大榕树的东西里。不知水源来自哪里？普尔注意到微弱的轰隆声，眼光沿着微弧的墙面而去，发现了一个小型尼亚加拉瀑布，上方的水雾中还悬浮着一道完美的彩虹。

就算他可以在那儿驻足欣赏良久，也仍旧看不尽这些模拟地球而制作的复杂又设计高明的美景。当开拓至不友善的新环境时，或许人类会愈来愈强烈地感到需要记住自己的起源吧。当然，就连在他的时代，每个都市也都有自己的公园，作为（通常是很薄弱的）“大自然”对人类的提醒。这里一定也上演着相同的冲动，不过尺度则宏伟多了。这里就是非洲塔的中央公园！

“我们下去吧，”英德拉说，“还有好多东西可看，我也不像以前那么常来了。”

虽然在这么低的重力下走路丝毫不吃力，不过他们偶尔也会搭乘小小的单轨列车；中间还曾停下来，到一家巧妙隐藏于两百五十米高的红杉树干中的咖啡馆里，吃了些点心。

附近人不多——跟他们一块儿来的旅客，早就消失在风景里了——所以这美妙的风景就好像是他们自己的一般。每样东西都维护得那么漂亮，想必是由机器人大军负责的吧，这偶尔会让普尔想起自己还是个孩子的时候，到迪士尼乐园玩的情形。不过这里更好，没有人潮，只有一点点东西会让人联想到人类和人造器物。

他们欣赏着这里了不起的兰花特区，有些兰花尺寸惊人。就在此时，普尔经历了一生中最大的震撼。那时他们正走过一间典型的小小园丁工具房，门打开——园丁出现了。

普尔一向对自己的自制力相当自豪，从来也没想过，都已经是个大人了，他还会因为恐惧而失声大叫。像他那个年代的所有男孩一样，他看过所有的“侏罗纪”电影——面对面看到一只恐龙的时候，他还认得出来。

“我真的非常抱歉，”英德拉带着明显的关切，“我忘了警告你。”

普尔紧绷的神经恢复了正常，当然，在井井有条若此的世界里，不可能会有危险，但这还是……！

恐龙对普尔的瞪视回以漠然的一瞥，随即急忙退回工具房中，然后带着一支耙子和一把大花剪再度出现，还把花剪丢进挂在肩头的袋子里。它用鸟儿般轻盈的步伐走开，头也不回地消失在十米高的向日葵后面。

“我要跟你解释，”英德拉后悔地说，“能不用机器人的话，我们喜欢尽可能使用生物体——我想这算是碳基沙文主义吧！只有少数动物具有灵巧的手，它们一律有用武之地。

“这是至今无人能解的谜。你一定觉得，基因改造过的草食动物，像黑猩猩和大猩猩会比较适合这类的工作。其实错了，它们没那个耐心。

“然而肉食动物，像是这里的这位朋友却很优秀，又容易训练。更有甚者——这是另一个吊诡之处——修正过之后，它们既温驯，脾气又好。当然它们背后有着将近一千年的基因工程，你看看原始人是怎么改造狼的，只是不断试错而已！”

英德拉哈哈笑了几声，又继续说道：“你可能不相信，弗兰克，它们还是很好的保姆呢——小孩爱死它们了！有个五百年历史的老笑话说：‘你敢让恐龙陪你的小孩？什么？让恐龙冒生命危险吗？’”

普尔跟着一块儿大笑，部分原因是嘲笑自己的恐惧。为了换个话题，他问了另一件仍旧困扰着他的事。

“这些，”他说，“真的是很棒——可是，为什么要这么麻烦？塔里的人可以花同样的时间就接触到真正的自然景物，不是吗？”

英德拉若有所思地看着他，衡量着自己要说的话。

“并不尽然。对那些住在二分之一G层的人来说，下到地表不但不自在——甚至还有危险，就算坐飞椅也一样。”

“我才不会！我可是生在长在正常重力下的——而且在发现号上也未疏于运动。”

“这点你就得听安德森教授的了。我可能不应该告诉你，不过你的生理时钟，引起了不小的争论。显然它并未完全停止，我们猜测，你目前的生理年龄应该介于五十到七十岁之间。虽然你现在状况不错，但也不能期待恢复全部的体力——都已经过了一千年了！”

我总算知道了，普尔凄凉地告诉自己。这就解释了安德森教授的推托，还有自己做过的那些肌肉反应测试。

我从木星那儿大老远回来，都已经到了离地球两千公里的地方——然而，不管我在虚拟现实中看过它多少次，我可能再也无法走在母星的地表上了。

我真不知道自己能不能承受……

10

蜡翼展翅

他的沮丧感很快就消失了：有这么多事情要做要看。就算活一千辈子大概都不够，问题却在于，在此世纪所能提供的无数娱乐中，该选择哪一个。他虽试着避开琐事，专注在比较重要的事情上——尤其是教育方面的，但并非总是成功。

脑帽，以及书本般大小的播放器——理所当然叫作“脑盒”，在此可就有了极大的价值。没多久，他就拥有一个由许多“快餐知识”光片所组成的图书馆，每片内含的知识都足以抵得上一个大学学位。当他插入其中一片到脑盒，调整到最适合的强度与速度时，就会出现一道闪光，接着他会有一个小时不省人事。等他醒过来，就像是心灵打开了一片新领域；不过若非刻意寻找，他并不会察觉那些知识的存在。那就好比图书馆的主人，突然发现了成堆原来属于自己的书。

大体上来说，他是自己时间的主人。出于义务——以及感恩的心理，他尽可能答应来自科学家、历史学家、作家与艺术家的要求，其中那些艺术家通常用的都是他搞不懂的媒体来进行创作。还有四大高塔居民们数不清的邀请，实际上他都被迫要回绝。

最诱人——也最难抗拒的——是来自下方美丽行星的邀约。“当然，”安德森教授告诉过他，“如果带着适当的维生系统下去，短时间内是没有问题，但是你不会觉得愉快。甚至可能会更削弱你的神经肌肉系统，它并没有从一千年的沉睡中真正恢复过来。”

他的另一位守护者，英德拉·华莱士，则保护他免于不必要的骚扰，并建议他该接受哪些邀请，又该婉拒哪些。对他来说，大概永远也搞不懂这个复杂文明的社会政治结构。不过他很快就知道，虽然理论上阶级分野已经消失，但还是有几千名超级公民的存在。乔治·奥威尔是对的，有些人永远比别人更平等。

过去曾有几次，受到21世纪经验的制约，普尔会猜想：究竟是谁在负担这些食宿款待——会不会哪天有人交给他一份相当于天文数字的旅馆账单？不过英德拉很快就跟他保证：他可是独一无二的无价展品，根本不用去担心这种世俗问题。不管他想要什么东西——只要合理，他们都会替他办到。他不知底线为何，但却未曾想到，有一天自己会尝试找出这些底线。

生命中所有重要的事都是意外发生的。当一个惊人的影像攫住他的注意之际，他的壁上显示器正被他设定在无声的随机浏览状态。

“停止浏览！音量调大！”他大吼，其实根本不需要这么大声。

他听过那个音乐，不过好几秒后才辨识出来。其实，他墙上的这番景象大有帮助，画面中满是长着翅膀、优雅地飞来飞去的人。不过，柴可夫斯基如果看到这种“天鹅湖”表演，恐怕也会大吃一惊吧，因为那些舞者是真的在飞翔……

普尔出神地看了好几分钟，直到确定这些画面是真实而非模拟：就算在他自己的时代，也不可能十分确定。想必这场芭蕾舞剧，是在某个低重力环境里演出的——由某些场景，可以看出是个相当大的场地，甚至可能就在非洲塔这儿。

我要试试看，普尔暗自决定。航天总署曾禁止他从事花式跳伞（他最喜欢的休闲方式之一），他还一直耿耿于怀。他也了解总署的着眼点，因为他们不愿拿珍贵的投资冒险。医生相当在意他早年参加滑翔翼比赛的意外，幸而，他年轻的骨头已经完全愈合。

“嗯，”他想着，“现在没有人可以阻止我了……除了安德森教授……”

让普尔大松一口气的是，安德森竟然觉得这是绝佳的主意，而普尔也很高兴得知，每座塔都有自己的“鸽笼”，就在十分之一重力层。

他们花了几天时间，替他量身打造翅膀，结果做出来的东西一点都不像是天鹅湖舞者穿着的那种优雅款式。伸缩性的薄膜取代了羽毛，当他抓着支架上的把手，才了解自己看起来只怕不太像鸟，反而比较像蝙蝠。然而，他对教练说的那句“飞吧，吸血鬼！”说了也是白说，因为那家伙显然从未听说过吸血鬼。

头几堂课他被轻型甲胄拘束着，所以在学基本展翅和最重要的控制与稳定技巧时，他哪儿也飞不过去。像许多的非先天技巧一样，这可不像看起来那么容易。

他觉得穿着安全甲胄很蠢，怎么会有人在十分之一G下受伤嘛！——不过又很高兴，自己只需要上几堂课就好；他的航天员训练无疑大有帮助。飞翔专家告诉他说，他是所有学生里最好的一个，不过也许他对每个学生都这么讲。

在一个四十米见方、零星分布着难不倒他的障碍物的大厅中，来回飞了十多次之后，普尔就得到了首度单飞的许可。他觉得自己又回到十九岁，正坐在旗杆镇飞行俱乐部的老西斯纳轻航机里准备起飞。

鸽笼，这是个平凡无奇的名字，并未特别为他准备这次处女航的场地。不过这里看来却比下面月层那个有森林和花园的空间还大。两者大小其实差不多，因为它也占满锥状塔的一整层。圆柱状的空间，高五百米，宽则超过四公里，由于完全没有视觉重点，所以显得十分巨大。墙壁是一式的浅蓝色，也给人一种无尽太空的印象。

普尔并不怎么相信飞翔专家夸下的海口：“你想要什么场景都行。”他打算刁难他，给他一个不可能的挑战。不过他的首次飞行，是在令人昏眩、完全没有视觉娱乐效果的五十米高处。当然，在地球上，一个人若从同样的高度掉下来，可以把脖子摔断；但在这里，却连碰出一点点小瘀青都不大可能，因为整个地板覆着一层由弹性粗索织成的网子。这个房间就像巨大的弹跳运动床，普尔想，在这里一定可以玩得很乐——就算没翅膀也一样。

借着有力的、向下的振翅，普尔逐渐升空。像是瞬间就升上了数百米，而且还不断上升。

“慢一点！”飞翔专家说，“我跟不上你了！”

普尔稍微调整了一下，并慢慢地尝试想来次滚转。他觉得不只是头变轻了，身体也是（还不到十公斤！），同时想着氧气浓度不知上升没有。

真是美妙——跟无重力大不相同，因为这还伴随着体力的挑战。最接近的活动大概是水肺潜水：他希望这里有鸟儿，那这里便可以与那些常伴着他在热带珊瑚礁潜水的鱼儿相媲美。

飞翔专家让他进行了一系列的课程——翻滚、绕圈、颠倒飞行、盘旋……最后他说：“我已经没有什么可教你的了，现在咱们好好欣赏风景吧。”

有那么一会儿，普尔差点就失去控制——也许人家早等着看他出丑。因为，连丝毫警告也没有，他便突然被覆雪的山峰围住，而且正往下飞过一条窄窄的通道，离嶙峋的岩壁仅有几米。

当然不可能是真的。那些山岳就和云朵一般虚无缥缈，只要他高兴，也可以直接穿过去。虽然如此，他还是改变了方向，飞离岩壁（其中一块凸出的岩石上还有窝鹰巢。他觉得如果再飞近一点，就可以伸手碰到巢里的两颗鸟蛋），然后朝着宽广的天空飞去。

山峦消失了，突然间已是夜晚。然后，星星出来了——不像贫瘠的地球天空一般，只有可怜兮兮的几颗，而是满天繁星、不可胜数。不只是星星，还有遥远的旋涡状星系，以及挤满了恒星的球状星团。

就算他被神奇地传送到某个真正拥有这般天空的世界，这也不可能是真的。因为，星系在他眼前不断后退；恒星在消逝，在爆炸，在如火雾般炽热的恒星温床中诞生。一秒钟，必然就是一百万年的流逝……

这壮观的场景，和开始时同样迅速地消失了。他又回到空荡荡的天空，只有自己和教练，在鸽笼乏味的蓝色圆柱空间里。

“我想今天这样就够了。”飞翔专家在普尔上方几米的地方盘旋，“下次你想要什么景色？”

普尔没有丝毫的犹豫，他微笑着回答了这个问题。

11

龙来了

就算以此时此日的科技来看，他也不相信有这种可能。要在过去的世纪中累积多少兆位（或是千兆位，真有足够大的数字可以形容吗？）的信息，又是储存在何种媒体中？最好别再想了，就照着英德拉的忠告：“忘了自己是工程师——尽情地玩吧。”

他现在的确玩得很高兴，但喜悦之中，却裹挟着几乎是排山倒海而来的乡愁。因为，他正飞在年轻时代难以忘怀的壮观景色上空，两公里左右的高度（或者看起来像是）。当然这些景象都是假的，因为鸽笼只有五百米高，不过视觉效果十足。

他绕着大陨石坑飞，忆起在他以前的航天员训练中，还曾经沿着边缘爬上去。怎会有人怀疑它的起源，还有它命名正确与否，真是令人难以想象！不过，就算到了20世纪中期，杰出的地质学者还在争辩，它是不是火山造成的。一直要等到太空时代来临，才“勉强地”承认，所有的行星都仍受到持续撞击。

普尔相信，他的最佳巡航速度大约是一小时二十公里，而非两百公里。不过，规定要他在十五分钟之内飞到旗杆镇。反射着白色光芒的罗威尔天文台穹顶，是他小时候常去玩耍的地方，里面友善的工作人员，无疑大大影响了他对职业的选择。他有时会想，如果不是诞生在亚利桑那州，离历久不衰的火星人传说起源处这么近，他会从事什么工作？也许是错觉吧，不过普尔觉得，就在为他创造梦想的巨型望远镜旁边不远处，他似乎可以看到罗威尔独特的坟墓。

这段影像是什么年代、什么季节拍摄的呢？他猜想，应该是来自于21世纪初期监视着整个世界的间谍卫星吧。不可能比他的时代晚太久，因为城市的外观看来和他记忆中一样。说不定，如果他再飞低一点，还会看到当年的自己……

不过他也知道这很荒谬，他已经发现只能这么接近。如果再飞近些，影像就会开始分裂，显现出基本的像素。最好还是保持距离吧，别破坏了这美丽的幻影。

那里！太不可思议了！是他和中学同学一块儿玩耍的小公园。随着水资源变得愈来愈吃紧，乡亲父老们总是为了公园的废存争论不休。嗯，至少公园是撑到现在了——不管这到底是何年何月。

然后，回忆又让他热泪盈眶。从月球也好，休斯敦也好，只要他能回家，他总是沿着那些窄窄的小径，带着他挚爱的猎犬散步，丢棍子让它捡回来，这也是亘古以来，人与狗的共同游戏。

当初普尔曾满怀希望，等他从木星回来，瑞基会一如往常地迎接他，于是把它交给小弟马丁照料。当他再次面对这个苦涩事实之际，几乎要失去控制，下坠了几米才又恢复。瑞基也好，马丁也好，都早已归于尘土。

等到他能够再度清楚地视物，他注意到暗色、蜿蜒如带的大峡谷已经出现在遥远的地平线。他一直在挣扎着要不要飞过去——他渐渐有点累了——突然，他察觉天上飞的不是只有自己而已。有别的什么东西正在接近，而且绝对不是飞人。虽然距离不易判断，但那东西大得不可能是人类。

“嗯，”他想，“如果在这里碰到翼手龙，我也不会太惊讶——其实我一直希望有机会遇到这样的东西，但愿它很友善——不然我可以赶快飞走。哎呀，糟糕！”

说是翼手龙其实相去不远，说不定已猜中了十分之八。慢慢鼓动皮膜翅膀接近普尔的，是一条从神话世界飞出来的龙。而为了使画面更臻完美，居然还有位美女骑在龙背上。

至少，普尔假定她是美女。但是，传统的画面被一个小细节给破坏了：她大半个脸孔，都藏在一副巨大的飞行员护目镜下，说不定那还是从一次世界大战双翼飞机的无盖驾驶座上捡来的。

普尔在半空中盘旋，直到近得可以听到这只俯冲而下的怪兽的扑翅声。就算距离已经不到二十米，他还是没办法判断它究竟是机器还是生物结构体——或许是两者的混合吧。

然后他忘了龙的事，因为骑士拿下了护目镜。

陈腔滥调的讨厌之处，就像某位哲学家下的评语（说不定他还边打呵欠边说），在于它们总是真实得那么无趣。

但“一见钟情”却一点都不会无趣。

丹尼什么也不知道，不过反正普尔也没指望他。这位无所不在的随侍（如果他是传统男仆，一定不及格）在许多方面都没什么用，搞得普尔有时不禁要怀疑他是不是智障，不过看起来又不像。丹尼知道家电用品的功能，简单的命令他做得又快又好，也很清楚塔里的路。但仅此而已；跟他没办法有什么知性的对谈，如果客气地问起他的家人，丹尼总是一脸茫然。普尔有时暗忖，不知他是不是个生化机器人。

然而，英德拉却立刻给了他所需要的答案。

“噢，你遇到龙女了！”

“你们都是这样叫她吗？她的真名是什么，能不能帮我弄到她的‘身份’？我们的距离几乎可以行触掌礼了。”

“当然可以——没毛病[1]。”

1　原文为no problemo，为美国俚语，意思与no problem（没问题）大致相同，广泛用于影视剧中。

“你哪里学来的啊？”

英德拉看来满脸迷惑。

“我也不知道，什么古书或者老电影吧。是好话吗？”

“超过十五岁就不算了。”

“我会尽量记住。赶快告诉我发生了什么事——除非你想让我嫉妒。”

他们现在已经是非常好的朋友，什么事都可以开门见山讨论。事实上，他们两人还曾经玩笑般惋惜彼此间没有火花——虽然有次英德拉补充说：“如果有一天，我们被困在荒芜的小行星上，没有获救的希望，我们大概还可以将就凑合。”

“你先告诉我她是谁。”

“她叫奥劳拉·麦克奥雷。除了许多其他头衔之外，她是‘重生协会’的主席。如果你觉得‘飞龙’已经够让人惊讶，那就等看到那些其他的——呃，创作——再说吧。像是白鲸莫比·迪克——还有许多连大自然都想不出来的恐龙。”

这实在好得不像是真的，普尔想。

12 挫 折

他几乎忘了那次和航天总署心理学家的谈话，直到现在……

“这趟任务要离开地球至少三年，如果你愿意，我可以为你进行‘抑欲植入’，它能够持续到任务结束。我保证，等你回来时，我们会加倍补偿。”

“不，谢了。”普尔想尽办法保持表情严肃，“我想我应付得了。”

话说回来，三四个星期后，他开始有点怀疑；戴维·鲍曼也是。

“我也注意到了。”戴维说，“我敢打赌，那些该死的医生一定在我们的伙食里放了些什么。”

不管放的是什么东西，就算真有，也早就超过了有效期限。在此之前，普尔忙得没时间有任何感情牵扯，也婉拒了几位年轻

（和几位不怎么年轻）小姐的投怀送抱。他也搞不清楚，究竟是自己的外形还是名气吸引她们。说不定，她们只是对一个可能是自己二三十代前祖先的男人，感到单纯的好奇罢了。

让普尔很高兴的是，麦克奥雷女士的“身份”显示目前她的感情生活出现空缺，普尔便在第一时间与她联系。不到二十四小时，他就已经坐在龙背上，双手舒舒服服地环着她的腰。他也知道为何要戴飞行护目镜了！因为飞龙是完全机械化的，可以轻易达到百公里的时速。普尔怀疑，真正的龙能否飞到这个速度。

底下不断变化的风光，是直接由故事中复制而来，这点他也不惊讶。当他们追上阿里巴巴的飞毯时，阿里巴巴还气呼呼地挥着手，大吼：“你没长眼睛啊！”不过他一定离巴格达很远，因为他们正绕着飞的几座尖塔，只可能出现在牛津。

奥劳拉指着下面解释，证实了他的猜测：“就是那家酒馆，刘易斯和托尔金常跟朋友碰面的地方。再看那条河——有条船正从桥底里出来——看到船上的两个小女孩和牧师吗？”

“看到了。”普尔迎着飞龙带动的涡流，大声吼回去，“我想其中一个应该是艾丽斯吧。”

奥劳拉回头对他微笑，看来由衷地欣喜。

“相当正确。她是根据那位牧师的照片制造的，是很逼真的复制品。我还怕你不知道呢，打从你们的时代之后，很多人就不再看书了。”

普尔感到一阵满足。相信我已经通过了另一项测验，他得意地告诉自己。骑飞龙一定是第一项，后面不知还有多少，要拿大刀战斗吗？

不过测验到此为止，那古老问题"你家还是我家？"的回答则是——普尔家。

第二天早上，既震惊又屈辱的普尔联络上安德森。

"每件事都进行得很顺利，"普尔悔恨地说，"她却突然变得歇斯底里，还把我推开。我怕自己不知怎的伤了她——

"然后她把室灯叫亮——我们本来在黑暗中——从床上跳下来。我猜我就像个傻瓜一样瞪着她……"他苦笑道，"她当然值得瞪着看。"

"我想也是，继续说。"

"几分钟之后，她放松下来，然后说了些我永远都不会忘记的话。"

安德森耐心地等普尔平复情绪。

"她说：'我真的非常抱歉，弗兰克。我们本来可以玩得很愉快的。可是我不知道你被——割了。'"

教授显得很迷惑，不过这表情瞬间即逝。

"噢——我了解了。我也觉得很抱歉，弗兰克，也许我应该先警告你。我行医三十年，也只看过六七个病例——全都有正当的医学理由，当然你是例外……

“在原始时代，割包皮有它的道理，甚至在你们的世纪亦然。卫生状况不佳的落后国家，会用以对抗某些讨厌甚至致命的疾病；但除此之外，就没有任何理由了。还有一些反对论调，你现在也发现了吧！

“我第一次帮你检查身体之后，就去查了一下记录，发现21世纪中期有许多医疗诉讼，让‘美国医疗协会’不得不明令禁止割包皮。当时还有人对这个问题争论不休，我相信一定非常有趣。”

“应该是吧。”普尔愁眉苦脸地回答。

“在某些国家还持续了一个世纪：然后有个无名天才发明了一句口号——用语粗俗，请见谅——‘身体发肤，受之上帝，割包皮乃亵渎’。才多多少少终止了这件事。不过如果你有需要，我可以帮你安排移植，当然不会记在你的病历上。”

“我觉得大概没什么帮助，恐怕我以后每次都会笑出来。”

“这就是我的目的！你看，你已经能克服了。”

出乎普尔意料，他发现安德森说得没错，他发现自己已经笑出声来。

“如何，弗兰克？”

“我本来希望，奥劳拉的‘重生协会’可以增加我成功的机会。我的运气太好了，竟然就是她不欣赏的重生动物。”

13 异代异客

英德拉并未如他期望的那么有同情心，或许她终究还是有一些嫉妒。而且更严重的是，他们谑称为“龙祸”的那场灾难，还引起他们第一次真正的争吵。

开始时非常单纯，英德拉抱怨：

“人家总是问我，为什么要把自己的生命投注在研究这么一段恐怖的年代上。如果回答说还有更糟的，并不能算是很好的答案。”

“那你为什么对我的世纪有兴趣？”

“因为它标志着野蛮与文明之间的转折点。”

“我们这些所谓‘已开发国家’的人民，可都觉得自己很文明。至少战争不再是神圣的事，而且不管何处爆发战争，联合国都会尽力制止。”

“不怎么成功吧，我会说成功率只有百分之三十。不过我们觉得最不可思议的，是人们——直到21世纪！——竟然可以平静地接受那些我们觉得残暴的行为。还相信那些令人指发——”

“发指。”

“——的鬼话，任何有理性的人一定都会嗤之以鼻的。”

“麻烦举个例子。”

“你那微不足道的失败，让我开始了一些研究，发现的事情让我不寒而栗。你可知道当时在某些国家，每年都有上千名女童被残酷地阉割，只是为了要保住她们的童贞？很多人因此死去——当局却视若无睹。”

“我同意那真的很可怕——但我的政府又能怎么办？”

“能做的可多了——只要它愿意。但若是这样做，会触怒那些供油国家，那些国家还会进口会让成千平民残废、丧生的武器，诸如地雷一类的东西。”

“你不了解，英德拉，通常我们没有选择，我们又不能改造世界。不是有人说‘政治是可能性的艺术’吗？”

“相当正确，那就是为什么只有第二流的头脑才会从政。天才喜欢挑战不可能的事。”

“那我可真是高兴，你们有够多的天才，所以可以纠正每件事。”

“我好像听到了一丝讽刺？多亏了我们的计算机，在政策真正实行前，我们可以先在网络空间里试行一下。”

英德拉对那个时代的丰富知识，一直很令普尔惊讶；但许多他认为理所当然的事，她却又如此无知，同样也让他意外。反过来说，他也有一样的问题。就算真如人家信心满满所保证的，他可以再活上一百年，但他学得再多也无法让自己觉得自在。每次的对话，都有他不知道的典故和让他一头雾水的笑话。更糟糕的是，他总觉得自己处在失礼的边缘：他即将引爆的社交灾难，连最近认识的好友都会觉得丢脸……

……就像那次他和英德拉及安德森一块儿吃午餐，幸好是在他自己家里。自动厨房端出来的食物总是毫无差错，是为他的生理需求而特别设计的，不会有让人垂涎三尺的菜色，总是令21世纪的美食家绝望。

然而，这一天出现了一道非比寻常的佳肴，把普尔带回年轻时猎鹿和烤肉的鲜明记忆。然而，那道菜在味道和口感上却有点不太一样，所以普尔问了个再明显不过的问题。

安德森只是微微一笑，英德拉却一副要吐的样子。几秒钟之后，她才说：“你告诉他吧——不过要等我们吃完饭。”

我这会儿又说错了什么？过了半个小时，英德拉显然沉迷于房间另一头的视频显示器；此时，普尔对第三千禧年的知识，又有了长足的进步。

“尸体食物其实在你的时代就快要被淘汰了。”安德森解释道，“畜养动物——呃啊——来吃，经济上已不再许可。我不知道要多少亩土地才能养活一头牛，但同样大小的土地所生产的植物性食物，却能让十个人赖以维生。如果再配合水耕科技，说不定可以养活上百人。

“不过让整件恐怖作业结束的，并非经济因素，而是疾病。首先是牛，接着扩散到其他的食用动物。应该是某种病毒吧，它会影响脑部，然后导致可怕的死法。虽然最后找出治疗方法，但也来不及扭转乾坤了。不过，反正当时合成食物已经比较便宜，而且口味应有尽有。”

想想数周来差强人意的餐点，普尔对此相当保留。他想，不然为什么他还会梦到肋排和上品牛排呢?

其他的梦就更恼人了，他担心不用多久，就得请安德森教授提供医药上的协助。不管别人为了让他自在而做了多少努力，那种陌生感，以及这个新世界的复杂状态，都让他快要崩溃了。仿佛是潜意识努力要脱逃，在睡梦中他常常回到早年的生活。但当他醒来时，只会让情形更糟。

他曾到美洲塔上，往下看他思念的故乡，其实这不是个好主意。在空气洁净的时候，借助望远镜可以看得很清楚，他会看到人们在他熟悉的街道上各忙各的……

而在他的心灵深处，总是难忘他挚爱的人曾一度住在下面的大地。母亲、父亲（在他跟另外一个女人跑掉以前）、亲爱的乔治舅舅和丽雅舅妈、小弟马丁，和地位同样重要的一长串狗儿——第一只是他幼时热情的小狗，最后一只是瑞基。

最重要的，还是关于海莲娜的回忆和那个谜……

这段恋情始于他接受航天员训练之初，两人本是萍水相逢，但随着光阴流逝，却愈来愈认真。就在他准备前往木星前，他们正打算让关系永久化——等他回来以后。

如果他没能回来，海莲娜希望能为他生个小孩。他还记得，他们在做必要安排的时候，那种混杂着严肃与欢欣的感觉……

现在，一千年后，不管他尽多大的努力，他还是无法知道海莲娜是否遵守了诺言。如同他的记忆中有许多空白一般，人类的集体记录也是。最糟的一次是2304年小行星撞击所引起的，虽然有备份及安全系统，但仍有百分之几的信息库被毁。普尔忍不住要想，不知他亲生儿女的资料，是否也在那些无法挽回的无数字节中。到了现在，说不定他的第三十代后裔正走在地球上呢，不过他永远也不会知道。

这个时代里，有些女性并不像奥劳拉般把他当损毁货品看待，发现这点后，普尔好过了些。反之，她们还常常觉得这种不一样的选择很刺激；但这种诡异的反应，也让普尔没法建立起任何亲密关系。他也不急于如此，他真正需要的不过是偶尔一次健康而不用大脑的运动罢了。

不用大脑——这就是症结所在。他再也没有活下去的目标了，沉重的记忆压得他喘不过气来。他常套用年轻时读过的一本名著，自言自语地说："我是一个异代里的异客[1]。"

他甚至常往下看着那个美丽的行星（如果遵照医生指示，他是再也不能踏上去了），同时想着如果再度造访太空会是什么样子。虽然要闯过气闸而不触动警报并不容易，但是有人成功过。每隔几年，就会有决心求死的人，在地球的大气层中化为瞬间即逝的流星。

或许他的救赎已经在酝酿了，不过却是以完全意料之外的方式出现。

"普尔指挥官，很高兴见到你。别来无恙？"

"真抱歉，我不记得你，我见过的人实在太多了。"

"用不着抱歉，我们第一次碰面是在海王星附近呢。"

"钱德勒船长！能看到你真是太好了！自动厨房里什么都有，你想喝点什么？"

"酒精浓度超过百分之二十的都好。"

"你怎么会跑回地球来呢？他们告诉我，你从来不到火星轨道以内的。"

1　原文为Stranger in a Strange Time，即套用了美国科幻作家罗伯特·海因莱因（Robert Heinlein，1907—1988）的小说《异乡异客》（*Stranger in a Strange Land*）。

“几乎正确。虽然我在这里出生，却觉得这里又脏又臭，人口太多，又要直逼十亿大关了。”

“我们那个时候还超过一百亿呢。对了，你有没有收到我的感谢函？”

“有啊！我知道应该要跟你联络，不过我一直拖到再度日向航行。现在我来了！敬你一杯！”

船长以惊人的速度喝干那杯酒。普尔试着分析他的访客：留胡须——就算是钱德勒那样的小山羊胡——在这个社会非常罕见，而且他认识的航天员里没有人留胡子——胡子和太空头盔是无法和平共存的。当然了，身为船长，可能好几年才需要进行一次舱外活动，而且大部分的舱外工作都由机器人完成；不过，总会有意料之外的危险，总有要赶快穿上宇宙飞行服的时候。看来钱德勒显然是个异数，不过普尔衷心欣赏他。

“你还没回答我的问题呢。如果你不喜欢地球，那回来干吗？”

“哦，主要是和老朋友联络联络。能够没有数小时的信号延迟，有些实时的对话是很美妙的！不过这当然不是真正的原因。我那艘老锈船要维修，在外环船坞。装甲要重新换过，它薄得只剩下几公分的时候，我可睡不好。”

“装甲？”

“尘埃罩。你们那时候可没这种问题，对吧？不过木星外面很脏，我们的正常巡弋速度是几千公里——秒速！所以会有持续不断的轻微撞击，好像雨点落在屋顶一样。”

“你在开玩笑！”

“我当然是在开玩笑。如果真听得到什么声音，我们早就死翘翘了。幸好，这种令人不愉快的案例很少，上一个严重事故已经是二十年前的事了。我们知道所有大群的彗星雨在哪里，大部分的垃圾都在哪儿，我们会小心避开——除非是调整速度驱冰的时候。

“你要不要趁我们出发去木星前，到船上来看看？”

“太好了……你说木星吗？”

“嗯，当然是盖尼米得——阿努比斯市。我们在那边有很多业务，也有几个船员定居在那边，他们都几个月没和家人见面了。”

普尔已经听不到他在说什么。

突然间——完全出乎意料——或许时间也正好，他找到了活下去的理由。

弗兰克·普尔指挥官不是那种喜欢把工作留个尾巴的人——一点宇宙尘，就算是以秒速一千公里运动，似乎都不能阻止他。

在那个一度被称为木星的世界上，还有他未完成的任务。

II

歌利亚号

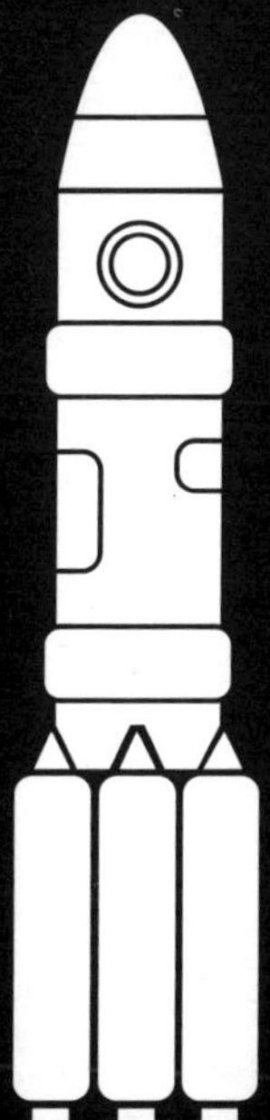

14 告别地球

“只要合理，不管你要什么都行。”人家是这么告诉他的。弗兰克·普尔不知道，他的新朋友会不会认为回到木星算是合理的要求。事实上，连他自己都不大确定，也正在重新考虑这件事。

数星期前，他就已经答应了许多约会。其中大部分他不怎么在乎，但也有些他觉得放弃了可惜。尤其是，他很不希望让自己高中母校的学生失望，他们原本计划下个月要来探望他。（这学校竟然还存在，多令人惊讶啊！）

无论如何，他还是松了口气，而且也有点意外——因为英德拉和安德森教授都觉得这个主意好极了。弗兰克头一次了解，原来他们也同样关切他的精神状况；或许离开地球度个假，就是最好的治疗。

而且最重要的是，钱德勒船长高兴得不得了。“你可以睡我的舱房，”他承诺，“我会把大副踢出她的房间。”有好几次，普尔想，不知这位留着胡子、大摇大摆的钱德勒，是不是另一个重生动物。他很容易就可以想象他站在破烂的三桅船船桥上，上面还飘扬着骷髅头旗帜。

一旦他下定决心，事情便以惊人的速度进行。他累积的财产不多，需要带走的更少。最重要的便是普琳柯小姐：他的电子秘书，现在也是他两世生活点滴，以及随机附属的兆位信息库。

比起他那个时代的个人随身助理，普琳柯小姐并没有大多少。通常她就放在方便拔出的皮套中、挂在腰上，像老式西部牛仔的点四五手枪一样。他俩能够直接用语音沟通，也可以透过脑帽。而她最主要的任务，就是担任外面世界与普尔之间的信息过滤与缓冲器。像所有的好秘书一样，她知道什么时候该用什么语气回答：“立即为您接通。”或者，像她最常说的：“很抱歉，普尔先生正在忙，请留下您的信息，他会尽快与您联系。”通常这意思就是：他不会回电话的。

他不需要跟多少人道别。虽然由于电波速度迟缓，以致无法实时对谈，但他会持续与英德拉和安德森教授联系——他们是他仅有的两个真心朋友。

让他有点意外的是，他突然明白自己居然会想念他那神秘但有用的“男仆”，因为他现在得自己处理一切日常琐事了。丹尼陪着他一路来到环绕地球的外环（距离中非洲三万六千公里的高空），分手之际，丹尼微微鞠躬，但除此之外，没有任何情绪起伏。

“迪姆，我实在不晓得，你会不会喜欢这样的比较。不过，你知道歌利亚号让我想起什么吗？”

他们现在已经是很好的朋友了，普尔可以叫他小名——不过只有在两人独处的时候才行。

“我想不会是什么好事吧。”

“那倒不尽然。不过当我还小的时候，无意中发现了一沓我舅舅乔治丢掉不要的科幻杂志——通称‘廉价杂志’，因为印在便宜的纸上……里面好几本都散开了。每本都有俗艳却了不得的封面，画着奇异的行星和怪兽，当然，还有宇宙飞船！

“等我长大一点，才知道那些宇宙飞船有多可笑。它们通常都是靠火箭推进，却没有燃料槽！有些从船头到船尾有成排的窗子，好像海上的客轮。我最喜欢的一幅，有巨大的玻璃穹顶，好像是航行在太空中的温室……

“那些古代艺术家现在要反过来笑我了，可惜他们永远不会知道。比起我们过去从各基地发射的飞行燃料槽，歌利亚号还比较接近他们的梦想。你们的惯性引擎好得令人难以置信：没有可见的支撑结构，还有无上限的航程及速度……有时我都觉得，我才是那个在做白日梦的人！”

钱德勒哈哈大笑，指着窗外的景色。

“那些看起来像白日梦吗？”

自从来到星城之后，这还是普尔头一回看到真正的地平线，而且也不如料想的那么远。他终于抵达了直径为地球七倍的巨轮外缘，所以，横亘过这人工世界屋顶的景致，该绵延有几百公里吧……

他的心算向来不错，就算是在他那年代，这也是难能可贵的技能，说不定现在会的人更少了。计算地平线距离的公式很简单：你所在的高度乘二乘上半径再开平方，这种事情，你是不会忘记的，就算想忘也忘不掉……

算算看吧！我们在八米左右的高度——所以是十六的平方根——很简单！——假设外环半径是四万——消去后面三个零，让单位统统变成公里——四乘以四十的平方根——嗯——差不多是二十五……

嗯，二十五公里算是蛮合理的距离，地球上任何太空航站当然都没有这么大。虽然早就晓得会看到些什么，但看着那些比他的发现号大上许多倍、没有任何外在推进装置的船舰安安静静升空，还是令人觉得神奇。虽然普尔怀念旧日倒数计时之际的火焰与炙热，但还是不得不承认，现在这样比较干净，比较有效率，也更安全了。

不过最奇怪的，还是坐在外环这儿，在地球的同步轨道上面——还能感觉到重量！仅仅数米之遥，在小小观景厅的窗户外面，就有作业机器人与几个穿着宇宙飞行服的人缓缓滑动，进行着自己的工作；但在歌利亚号里，惯性场维持在标准的火星重力。

"确定不改变心意吗，弗兰克？"离开船桥的时候，钱德勒船长玩笑似的问他，"离升空还有十分钟哦。"

"我若打退堂鼓，会遭人唾弃吧，对吗？不。过去他们常这样说——我们约好了。不管我准备好了没，我都已经来了。"

升空之际，普尔觉得需要独处，人丁单薄的船员们（只有四男三女）也尊重他的意愿。或许他们能够体会他的心情：再度离开地球，却是在一千年之后——也再一次面对未知的命运。

木星／太隗在太阳系的另外一边，而歌利亚号近乎直线的轨道，会先经过金星，再到达木星。普尔希望能用肉眼看看地球的姐妹行星，在经过数个世纪的改造之后，是否真的就如同他们所说那般。

从一千公里上方看来，星城就像是条环绕地球赤道的巨大金属带，上面还点缀着高架、穹顶和更多的神秘结构。歌利亚号日向航行之际，星城也迅速缩小，现在普尔可以看到它有多么不完整：有许多仅由蛛网般的鹰架相连的巨大空隙，可能永远也不会被完整包覆。

目前他们已经降到外环的平面以南，北半球正是仲冬时节，所以星城这细细的光环以超过二十度的倾角斜向太阳。普尔已经看得到美洲塔和亚洲塔了，两塔像闪亮的丝线往外延伸，远超出蓝色暮霭般的大气层范围。

歌利亚号加速时，他几乎没有注意到时间的流逝，它比任何自星际空间日向航行的彗星都更加迅速。几乎圆满的地球，仍然盘踞他的视野。现在他可以看到非洲塔的总长度，他正挥别的是今世的家，他禁不住想着，或许要永远离开了。

到达五万公里高空时，他已经可以看到整个星城，它像个窄窄的椭圆环着地球。虽然较远的那边几乎看不到，只见一线细光衬着群星，还是会令人敬畏地联想到，人类最终还是把这个建筑放到天上去了。

然后普尔想起了壮丽无数倍的土星环，在能与大自然的成就相比较之前，航天工程还有很长、很长的路要走呢。

或说，在与“上苍”的成就相比之前。

15 金星之变

翌晨当他醒来时，他们已经抵达金星。但那巨大、闪烁、仍被云海包覆的一弯蛾眉，却并非空中最惊人的物体。歌利亚号正飘浮在一片一望无际、皱巴巴的银箔上方，在宇宙飞船飘过时，银箔还会反射日光，幻化出多姿多彩的绚丽纹路。

普尔记得，在他那个时代，曾有位艺术家用胶膜把一栋栋的大楼包了起来，如果能让这艺术家有此机会，把数十亿吨的冰用亮晶晶的封套装起来，他会多么高兴啊！也只有用这个方法，才能防止彗星核在数十载的日向航行中蒸发。

“你运气很好，弗兰克。”钱德勒跟他说过，“这连我都没看过，一定会很壮观。撞击将在一个多小时后发生，我们稍微推了冰核一下，好让它落在正确地点。咱们可不希望有人受伤。”

普尔讶异地看着他："你是说——已经有人在金星上面了？"

"大概有五十个疯狂的科学家，在南极附近。当然他们是在很深的地底，不过我们还是会让他们震一下——虽说着陆点是在行星另外一侧，或许应该说是'着气点'吧——会有好几天的时间，除了震波还是震波。"

在保护套中熠熠生辉的彗星冰山，因为朝着金星飘去而逐渐变小。普尔脑海中掠过一个酸楚的回忆：童年时的圣诞树，也是用这般精致的玻璃彩球装饰。如此比较并非全然无稽，因为对地球上的许多家庭而言，现在仍是送礼的季节；而歌利亚号，正为另一个世界带来无价的礼物。

雷达影像显现满目疮痍的金星地表，占满歌利亚号控制中心的主屏幕——有奇形怪状的山峦、煎饼般的穹顶和细长蜿蜒的峡谷，但普尔希望眼见为凭。虽然包覆着这颗行星的完整云海并未透露出下面地狱的任何信息，但他希望看到，在彗星撞击之际会发生什么状况。不用几秒的时间，这些水化物自太阳系边缘不断累积的速度，将会化作能量，完全释放……

开始时的闪光比普尔预期的还要强烈。多么奇怪，一个冰制飞弹竟然可以产生数万摄氏度的高温！虽说眺望窗的滤镜一定已经吸收了一切有害的短波，但火球猛烈的蓝色仍显示它比太阳还要炽热。

随着范围扩张，它也迅速地冷却下来，颜色由黄到橙再变红……震波现在必定是以音速向外扩张（那该是怎样的声音啊？），所以几分钟之内，应该就会看得出它在金星上行经的路线。

出现了！只有一个小小的黑圈圈，像个无关紧要的小烟圈；却完全看不见从撞击点向外爆出的狂暴气旋。随着普尔的注视，气旋也缓缓地扩张，不过因为比例的关系，所以看不出运动的迹象。他得足足等上一分钟，才能确定它真的变大了。

然而一刻钟之后，它已经成为行星上最显著的标志；不过颜色浅了许多，是一种脏兮兮的灰色，而非黑色。震波现在成为不规则的圆形，直径超过一千公里。普尔猜想，它应是遇到了底下山脉的阻挡而形成锯齿状，失去了原本完美的对称。

船上的通信系统传出钱德勒船长轻快的声音。

“正在接通爱神基地，很高兴他们没有大叫‘救命’——”

“——是震了我们一下，不过跟预期的一样。监视器显示，在诺克米斯山区已经下了点雨——很快就会蒸发掉，但总是个开始。黑卡蒂裂隙似乎有山洪暴发——情况好得让人不敢相信，不过我们正在确认。上次送货来后，出现了一个暂时性的沸水湖——”

我不羡慕他们，普尔告诉自己，但我钦佩他们。在这个或许太舒适、太安逸的社会中，他们证明了冒险精神依然存在。

“——再次谢谢你们把货载到正确的地方。只要运气好，而且可以把太阳屏弄上同步轨道的话——要不了多久我们就会有永久的海洋。然后我们就能种珊瑚礁来制造石灰，把大气中过多的二氧化碳固定下来……希望我能活着看到这些！”

我也希望你可以，普尔默默地、佩服地想着。他常在地球的热带海域潜水，欣赏那些怪异多彩的生物。珊瑚已经够古怪了，恐怕在其他太阳系的行星上也找不到更奇怪的动物。

“包裹准时送达，确定收到收据。”钱德勒船长的声音透着明显的满足，“再见了金星。盖尼米得，我们来了！”

普琳柯小姐

档案夹——华莱士

嘿，英德拉。真的，你说得挺对的，我的确怀念咱们的小争执。钱德勒和我处得还不错，而刚开始时，船员们简直把我当成（你一定会觉得很好笑）什么圣人遗骨看待。不过他们已经渐渐可以接受我了，甚至还开始整我。（知道这个用语吗？）

没办法实时对谈真的很讨厌——我们已经穿越火星的轨道，所以电波来回一趟要花超过一个小时。不过这样也有好处，你就不能打断我了……

到木星只要一个星期，我本以为自己还有时间休息，其实门儿都没有：我已经开始手痒了，忍不住要回学校去。所以我在歌利亚号的一艘迷你航天飞机上接受基本训练，全部从头来过。说不定迪姆还会让我单飞呢……

它其实不比发现号的分离舱大多少，可是却如此不同！第一，当然，它不用火箭推进。我还不习惯豪华的惯性引擎和无上限的航程。如果必要的话，我还可以飞回地球——不过可能会闷出病来。（记得我上次用过的词组吗，你一下就猜出意思来的那个？）

但是最大的不同，还是它的控制系统，对我来说，要习惯“离手操作”可真是个大挑战——而且计算机还要学会听懂我的语音指令。起初它每隔五分钟就要问我一次：“你真是这个意思吗？”我也知道用脑帽会比较好，但我就是没法对那个玩意儿完全放心。不知道到底能不能习惯有东西能读我的心思……

对了，航天飞机的名字叫作“游隼”，是个好名字——令人失望的却是，船上没有一个人知道这名字事实上可回溯到“阿波罗任务”，人类第一次登陆月球……啊哈！我还有好多话想说，可是船老大在呼叫了，得回到教室去了！珍重再见。

存档

传送

嘿弗兰克——英德拉呼叫（用法应该没错吧！）用我的新“思想书写器”——旧的那个精神崩溃了哈哈——所以一定会有很多错误——传送前来不及编辑——希望你看得懂。

指令设定！第一频道不第三频道——十二点三十分开始录——更正——十三点三十分。抱歉……希望我可以把旧机器修好——它知道我所有的快捷方式和简写——说不定，应该像你们那个时代一样，送它去做精神分析——真是搞不懂，为什么那个骗子——我是说弗洛伊德哈哈——的胡说八道可以持续到现在——

让我想起——有天碰巧看到20世纪晚期的定义——你可能会觉得好笑——是像这样的——引述——精神分析——一种接触传染病，源自20世纪初期的维也纳——目前绝迹于欧洲，但在富裕的美国人之间偶有所闻，引述完毕。

好玩吧?

对不起啊——思想书写器的麻烦——就是很难集中注意力——

茳五舁九恩铱

七砉鷱九八一二丌亓艽该死……停……备份

我是不是弄错什么东西了？我再试试看。

你提到丹尼……抱歉我们总是逃避有关他的问题——知道你好奇，但我们有绝佳理由——记不记得你曾经说他不是人？猜得八九不离十嘛……!

有次你问我关于现代的犯罪问题——我说任何有那种兴趣的都很变态——说不定你们那个时代无止境的病态电视节目助长了那种风气——我自己是连一分钟都看不下去……恶心死了!

门——确认！——噢，嘿，梅琳达——抱歉——坐嘛——快好了……

对——说到犯罪。社会上——总会有些无法消灭的杂音，那该怎么办呢？

你们的解决之道——监狱。国家负担的错误工厂——耗费平均家庭收入的十倍来关住一个囚犯！疯狂透顶……显然，那些叫得最大声，说要盖更多监狱的家伙，铁定头脑有问题——他们才该接受精神分析！不过说实在话——在电子监视和电子控制十全十美以前，你们的确没有其他选择——你真该看看欣喜若狂的民众捣毁监狱墙壁的状况，比起——五十年前柏林围墙倒下之后，就没见过这种盛况了！

对——丹尼。我不知道他犯了什么罪——就算知道我也不告诉你——不过想必他的精神剖面显示出他适合担任——是哪个名词？——南胡——不，是男仆。有些工作很难找到人做——真不晓得如果犯罪率是零，我们要怎么过下去！不管怎样，希望他可以赶快服完刑期，回到正常的社会。

抱歉梅琳达——快好了。

就这样，弗兰克——帮我跟迪米特里问好——你们现在一定在往盖尼米得的半路上了——不晓得他们能不能推翻爱因斯坦的理论，这样我们就算穿越太空也可以实时对谈！

希望这部机器可以赶快习惯我。不然就得找真正的20世纪文字处理器了……相信吗？——我以前键盘输入很厉害呢，那个你们花了好几百年才淘汰掉的东西。

珍重再见。

嘿，弗兰克——又是我。还在等上封信的回复……

你和我的老友泰德·可汗，都朝盖尼米得而去，多么奇怪呀。不过或许这并非巧合吧：他和你都被同一个谜吸引着……

我从没见过任何人对宗教发展出这样的兴趣——不，根本是狂热。最好警告你，他可能会很闷。

对了，我这次表现得如何？我好想念那部旧的思想书写器，不过这部似乎也慢慢受控制了。还不坏吧——你们怎么说的？——没有出纰漏——吃图钉——吃螺丝——至少到目前为止——

不晓得该不该告诉你，怕你不小心说溜嘴。不过，我偷偷给泰德取了个绰号，叫作“最后的基督教徒”。你应该多少知道一点他们的事吧，在你们那个时代，都还在流行他们的戒律呢。

了不起的人——通常都是伟大的科学家——了不起的学者——做出来的好事坏事一样多。史上最讽刺的真理追求者之一——虔敬英明的知识与真相追求者，然而他们的整个逻辑却被迷信无药可救地扭曲了……

汶郰□纟　亲爱的廿一异孓水凹戈斿盂

该死，太激动，造成失控了。一、二、三、四……一闪一闪亮晶晶……这样好多了。

反正，泰德的高尚决心也一样恶名昭彰；千万别跟他辩论——他会像蒸汽压路机一样把你碾过去。

顺便问一下，什么是蒸汽压路机？用来烫衣服的吗？看得出来一定很不舒服……

思想书写器的麻烦……很容易胡思乱想，不管你多努力控制自己都没用……还是该帮键盘说说话的……我告诉过你了吧……

泰德·可汗……泰德·可汗……泰德·可汗……

他至少还有两句名言在地球上很有名：“文明与宗教无法共存”，还有“信仰就是相信明知虚妄的事”。事实上，我不相信后面那句是原文；如果真是，那可就是他说过的最像笑话的话。我跟他讲我最喜欢的笑话时，他连嘴角都没动一下——希望你没听过……这绝对是从你那个时代就有的笑话……

某个大学校长跟几位教授抱怨：“你们这些科学家为什么需要这么贵的设备呢？你们为什么不能像数学系一样，只要一块黑板一个废纸篓就行了？哲学系更好，人家连废纸篓都用不着……”嗯，说不定泰德以前就听过了……我想大部分的哲学家应该都听过吧……

好了，反正，帮我跟他问好——而且不要，千万不要跟他辩论！

来自非洲塔的祝福。

记录，储存。

传送——普尔

16 船长的餐桌

这么一位特殊乘客的光临，打乱了歌利亚号原本组织紧密的小世界。不过船员们全都欣然适应了。每天十八时，所有的船员会在船长室集合吃晚餐。若是在零重力状况下大家平均分散在六面墙上，船长室至少可以舒舒服服地容纳三十人。不过大部分的时候，船上工作区会维持月球重力，所以难免会有只能在地板一面用餐——这下子超过八人就嫌太挤了。

在用餐时才打开的半圆形餐桌环绕着自动厨房，只够容纳七个人，其中船长坐在尊位。多一个人就制造了无法避免的难题，于是每次都得有人要单独用餐。经过相当温和的辩论后，大家决定照笔画顺序轮流——不是根据真名，而是绰号。普尔花了好一阵子才习惯：“大大”（大副）、“生命”（医药及维生系统）、“星星”（轨道与航行）、“推进”（推进及动力）、“芯片”（计算机及通信）和“螺钉”（结构工程）。

在十天的旅程中，听着船上伙伴说故事、讲笑话和发牢骚，普尔学到的太阳系知识，比在地球上那几个月还要多。船员显然都很高兴有个新来（或许还很古朴）的家伙当认真的一人听众，不过那些想象力比较丰富的故事，普尔则不易体会。

但是，有时很难知道该如何划分界限。没有人真的相信“黄金小行星”的存在，那通常都被当作24世纪的骗局。但是过去五百年来，有十几则水星离子粒团的可靠目击报告，那又该怎么说呢?

最简单的解释就是：那些全跟球状闪电有关，它同样要为地球和火星上那么多的“不明飞行物”负责。有些目击者却信誓旦旦，说在近距离接触之际，“它们”表现出某种目的，甚至企图。胡说八道，怀疑论者响应：那只不过是静电引力而已！

这难免会引起关于宇宙中其他生命的讨论，而普尔发现自己（这已经不是第一次了）会为自己那极端容易上当和怀疑的年代辩护。虽说在他小时候，“外星人就在你身边”的狂热已经冷却下来，但即使到了21世纪20年代，那些声称外星访客曾与自己接触，甚至绑架他们的人，仍令航天总署不胜其扰。他们的妄想因为媒体的煽动利用，而变得更严重。这整个症候群，最后在医学文献中被归类为“亚当斯基妄想症”。

TMA-1的发现，吊诡地结束了这出啼笑皆非的闹剧。因为它证明在某处的确有智慧生物，但显然他们已有好几百万年不曾关心过人类。少数科学家曾辩称：超越细菌层次的生命形式，是一种如此“非必然”的现象，就算不是在整个宇宙中，但至少在银河系里，人类是孤独的。TMA-1则令他们哑口无言、心服口服。

歌利亚号的船员对普尔那个时代的科技较感兴趣，对政治与经济则不然，而且特别着迷于发生在那时的革命：真空能量的驾驭敲响了化石燃料时代的丧钟。20世纪烟雾弥漫的都市，以及石油时代的垃圾、贪婪和令人毛骨悚然的环境灾难，实在令他们难以想象。

“别怪我！”经过一轮批评后，普尔玩笑似的反击，“无论如何，看看21世纪制造的那团混乱吧。”

桌旁响起一阵异口同声的“你这是什么意思”。

“好，一旦所谓的‘无限动力时代’上路后，每个人都掌握了数百万瓦又便宜又干净的能源——你们也知道发生了什么事！”

“噢，你是说‘热危机’呀，可是后来解决了。”

“在最后关头——你们用反射镜遮住半个地球，把太阳的热能反弹回太空。不然的话，地球现在会被烤得和金星一样焦。”

船员们对于第三千禧年的历史所知极其有限，普尔却对自己时代之后数世纪的事件了如指掌，这让他们惊讶不已（这都要归功于他在星城所受的密集教育）。不过，普尔也很得意地注意到，他们对发现号的日志相当熟悉，那本日志已经成为太空时代的经典记录之一。他们看待它的方式，普尔觉得就像是在看维京人传奇一般；他常得提醒自己，他所处的时代，是介于歌利亚号和首批横越大西洋的船只年代之间。

“在你们的第八十六天，”第五天晚餐时，星星提醒他，“曾经以不到两千公里的距离，经过7794号小行星，还发射了一枚探测器上去，记得吗？”

“我当然记得。”普尔有点冲地答道，“对我来说，那是不到一年前的事。”

“噢，对不起。明天我们会更接近13445号，想不想看看？有自动导航和固定框架，我们应该有个十毫秒的发射窗口。”

一百分之一秒！在发现号上那次的几分钟已经够令人血脉贲张了，而现在，一切竟要以快五十倍的速度发生……

“13445号有多大？”普尔问。

“三十乘二十乘十五米。”星星回答，“看起来像被打烂的砖块。”

“抱歉，我们没有小子弹可用。”推进说，“你有没有想过7794号会反击？”

“从来没想过。不过它提供了许多有用的信息给天文学家，所以还是值得冒个险……不管怎样，似乎没必要为了百分之一秒烦恼。无论如何，还是谢谢你。”

“我了解。看过一颗小行星，就等于全看过了——”

“才不是呢，芯片。我在爱神星上的时候——”

“你讲过十几遍了——”

普尔对他们的讨论充耳不闻。他的思绪回到了一千年前，想着在最后的灾变之前，发现号的任务中唯一令人兴奋的时刻。虽说他和鲍曼都清楚地知道，7794号不过是一块没空气没生命的大石头，但这并不影响他们的感受。这是他们在木星这一侧所能碰到的唯一固体物质，他们看着它：心情像是长期航海的水手，绕着无法登陆的海岸航行般。

7794号缓缓地由这头转到那头，可以看到表面斑驳凌乱散布的光影。有时像个远方的窗户在闪闪发光，如同结晶物质露出的结晶面，在阳光下闪烁……

他也记得，在他们等着看自己瞄得准不准之际，那种不断增强的兴奋感。要打中这么一个小目标并不容易；尤其是它在两千公里外，以每秒二十公里的相对速度移动。

然后，衬着小行星的黑暗部分，突然爆出一阵耀眼的光芒。那颗小小的纯铀二三八子弹以流星的速度撞了上去。在几分之一秒的时间内，它所有的动能都化为热能。一团刺目的白色气体喷入太空，而发现号的摄影机正记录着迅速消失的光谱线，捕捉炽热的原子透露出的信息。几个小时后，地球上的天文学家首度知道了小行星外壳的成分。虽然没有太大的惊讶，但也开了几瓶香槟。

钱德勒船长自己鲜少参加餐桌上的民主讨论。看着船员在这般非正式的气氛下放松、表达自己的感受，他似乎就满足了。只有一条不成文的规定：吃饭时不许讨论正事，如果有技术或操作上的问题，一定要在别处解决。

普尔惊讶地（也有点震撼地）发现，船员对歌利亚号各系统的认识相当肤浅。他问的那些问题应该很容易就可以回答，但他们竟然都叫他去查船上的记忆库。不过不久之后他便了解，在他的时代所接受的那些彻底的训练，已经不再可能了。宇宙飞船的操控牵涉了太多复杂的系统，让人没办法全部专精。专家面对自己的仪器，只要知其然，不必知其所以然。可靠性全依赖不厌其烦的自动侦测，人类介入很可能弊大于利。

幸好，这趟旅程中两者都不需要：当新太阳——太隗盘踞眼前的天空之际，这已经是任何船老大梦寐以求、最平静无事的旅程了。

III

伽利略诸世界

（摘录，纯文字，出自《外太阳系旅行指南》，*p.219*，第三版）

即使到了今天，那些巨大卫星（同属曾经的木星）仍带着许多未解的谜团。这四个世界虽然都绕着同一颗行星公转，大小也相差无几，但其他许多方面都大不相同，为什么？

只有艾奥（最内侧的卫星）才有令人信服的解释。它是如此接近木星，以至于重力潮汐不断搓揉它的内部，而产生异常大量的热——是啊，这么多的热量，因此其表面呈半融化状态。它是太阳系中火山活动最剧烈的世界，艾奥地图的有效期只有数十载。

虽然人类未曾在如此不稳定的环境中设置永久性的基地，但还是有数不清的着陆行动，以及持续不断的自动监测（2571号探险队的悲壮命运，参见《小猎犬五号》）。

欧罗巴，距离木星第二近的卫星，原本完全为冰所覆盖。除了裂隙造成的复杂脉络外，并未展现多少特征。主宰艾奥的潮汐力的威力，在这里则弱得多，但仍制造出足够的热能，让欧罗巴得以拥有由液态水所组成的全球性海洋，其中演化出许多奇异的生物（参见宇宙飞船钱学森号、银河号、宇宙号）。其实在木星转变为小太阳“太隗”以后，欧罗巴上的所有覆冰就几乎都融化了，而范围广大的火山活动则生成了几座小岛。

众所周知，一千年来，几乎未曾有人登陆欧罗巴，不过人类仍持续监视该卫星。

盖尼米得，太阳系中最大的卫星（直径5260公里），也同样受到新太阳诞生的影响。虽然还没有可供呼吸的大气，但其赤道地区温度已高到足以让地球生物存活。大部分的居民都积极参与改造活动与科学研究，最主要的殖民地为阿努比斯市（人口4.1万），位于南极附近。

卡利斯托则又完全不一样。它的表面布满各种大小的陨石坑，为数之多以致彼此重叠。那样的轰击必定已持续数百万年，因为新的陨石坑已经完全掩盖了旧的。卡利斯托上并无永久基地，但建有数座自动观测站。

17 盖尼米得

弗兰克·普尔睡过头，是件很不寻常的事，不过前一晚他不断被怪异的梦境惊醒。过去与现在纠缠不清，有时他在发现号上面，有时在非洲塔里，有时又回到童年，和一些自以为早就遗忘了的朋友在一起。

我到底在哪里？当他挣扎着要恢复清醒时，他边问自己边像个溺水的人一般挣扎。床的上方恰好有扇窗子，挂着厚度不足以遮住外面光线的窗帘。普尔记起20世纪中期飞行器慢得可以用头等卧舱当广告的时代；那种复古的享受他还未曾尝试过（那时候还有旅行社以此招揽生意呢），不过他不难假想自己此刻正身历其境。

他拉开窗帘，往外看去。不对，他并非在地球的天空苏醒，虽然下方绵延的景致不能说不像南极，但南极却从未沐浴在两个太阳下。当歌利亚号掠过之际，正好是两个太阳同时日出的奇景。宇宙飞船正盘旋在一片略覆着白雪的广袤田地上空不到一百公里处。不过，看来要不是农夫喝醉酒，就是导引仪器发疯了，因为犁沟渠朝着四面八方蜿蜒，有时彼此交错，要不就又掉头回来。岩层上四处点缀着不起眼的灰圈圈，是亘古时流星撞击所留下的阴森洞穴。

所以这就是盖尼米得喽，普尔懒洋洋地想着。人类的最前哨！头脑清楚的人怎么会想住在这里？嗯，我在冬天飞过格陵兰和冰岛上空时，也曾这么问过自己……

这时传来了敲门声，以及一句“我可以进来吗”。也不等他回话，钱德勒船长便自个儿进来了。“还以为会让你睡到着陆呢！那个‘航末同欢会’的确比我预期的久了一点，但我可不能冒喋血的危险提早结束。”

普尔哈哈大笑：“太空里发生过喋血事件吗？”

“噢，很多啊！不过不是在我的时代。既然谈起这件事，你不妨说哈尔是始作俑者……对不起，我可能不该——快看，那就是盖尼米得市！”

出现在地平面上的，是看来呈棋盘状交叉的街道，但有稍许不规则。这是殖民地在未经都市规划下，慢慢成长扩张的典型结果。它被一条宽阔的河流分成两半，普尔想起盖尼米得的赤道地区，已经暖到液态水可以存在，这让他回忆起从前看过的一幅中古伦敦木刻画。

他注意到钱德勒兴味盎然地看着他……当他明白这“城市”的尺度之际，那种幻觉便消失了。“盖尼米得的人，”他酸酸地说，“体形一定很大吧，才会把路开成五或十公里宽。”

“有些地方还宽达二十公里呢，厉害吧？其实这都是冰的扩张和收缩造成的。大自然真是奇妙……我可以带你瞧瞧一些更人工的图案，不过没有这个这么大。”

“我小时候，人们大惊小怪说火星上有个人脸。当然了，结果是个被沙尘暴切雕过的山丘……地球的沙漠里就有一大堆类似的。”

“不是有人说，历史总是不断重演吗？在盖尼米得市也是一样，有些疯子还宣称它是外星人盖的。不过只怕它撑不了多久了。”

“为什么？”普尔惊讶地问。

“它已经开始崩溃了，因为太隗融解了永冻土。再过个一百年，你就认不得盖尼米得了……那是吉尔伽美什湖畔——如果你看仔细一点的话——在右边——”

“我看到了。那是怎么回事？就算气压这么低，也不应该是水在沸腾吧？”

“是电解厂，不知一天要生产多少亿兆公斤的氧。氢当然就直接往上升，然后消失，至少我们是这么希望的。”钱德勒愈说愈小声，然后用一种很不寻常的心虚语气重新开始，“下头所有那些美丽的水资源——盖尼米得连一半都用不着！你可别跟人家说，不过我正在想办法弄些到金星去。”

“比推彗星还容易吗？”

“就能量的考虑而言，没错，盖尼米得的最低脱离速度不过每秒三公里。而且省时得多，只要几年就够了，不用等上几十年。但还是有些实际上的困难……”

“我能体会。你要用巨型火箭把水射出去吗？”

“哦，不是。我会利用穿过大气层的高塔，像地球上的那种，不过小多了。把水抽到塔顶，让水冷却到接近绝对零度，再利用盖尼米得的自转把冰往正确方向甩出去。路上会有些蒸发损失，不过大部分都能抵达——有什么好笑的？”

“对不起！我不是笑你的想法，听起来相当有道理。不过你可把我带回鲜活的回忆里了。我们以前有一种庭院洒水器，就是利用水的喷射力让它转个不停。你计划的是一模一样的东西，不过尺度大了点……用的是整颗星球……”

突然，另一个来自过去的影像抹去了一切。普尔记得在亚利桑那的大热天里，在庭院洒水器缓缓喷出的旋转水雾中，他和瑞基很喜欢在会动的云雾里追逐。

其实钱德勒船长比他所假装的更为敏感，他知道何时该离开。

“得滚回船桥去了。”他粗鲁地说，“在阿努比斯市降落时再见了。”

18 大饭店

盖尼米得大饭店（在整个太阳系里自然是称作“盖大饭店”）当然一点也不大。而且，它如果能在地球上被评为一颗半星，就已经算是运气好了。只是由于最接近的竞争者也在几亿公里外，所以饭店的管理阶层并不觉得需要非常努力。

不过普尔没有怨言。虽然他常希望丹尼还在身边，帮忙处理日常琐事，并和身边那些半智能装置做更有效率的沟通。当房门在（人类）服务生背后关上的时候，普尔感到一阵恐慌。显然服务生对这位贵客的光临感到无比敬畏，以致忘了跟他解释如何操作客房服务。在对没反应的墙壁说了五分钟毫无成果的话之后，普尔终于联系上一个可以了解他的口音及指令的系统。“星际新闻”会怎么报道呢？著名航天员受困于盖大饭店套房，饥寒交迫致死！

还有更讽刺的事。虽说盖大饭店未能免俗地要为唯一的豪华套房命名，但当他被带进“鲍曼套房”的时候，普尔看到同船老伙伴的古典真人尺寸全息像，还是吓了一大跳。他也认得那个影像：他自己的正式肖像也是在那时候制作的，就在任务开始前不久。

普尔很快就发现，歌利亚号上的大部分伙伴在阿努比斯市都有家室，而且他们都急着要在预定停泊的二十天里，让普尔见见他们的另一半。普尔几乎立刻一头栽进这个前哨殖民地的社交与工作中，现在，反而是非洲塔比较像遥远的梦了。

像许多美国人一样，普尔内心深处有着一种对迷你社区的怀旧情感：每个人都互相认识——在真实生活里，而不是网络空间中的虚拟图像。阿努比斯市的人口，比他印象中的旗杆镇的还要少，倒是与此理想相去不远。

三个主要的气压穹顶，每个直径两公里，就矗立在可远眺绵延不断冰原的台地上面。盖尼米得的第二个太阳（过去叫木星）所提供的热远不够融解极冠，而这也是把阿努比斯市建立在这般荒凉地点的主要理由：本城的地基在几个世纪内都不大可能会崩溃。

待在穹顶内部，很容易会对外界环境不闻不问。普尔熟悉了鲍曼套房中的机关以后，发现自己对环境能有为数不多但相当精彩的选择。他可以坐在太平洋岸边的棕榈树下，倾听海浪温柔的呢喃；如果他喜欢，也可以选择热带飓风的怒号。他可以沿着喜马拉雅群峰翱翔，或在水手谷中俯冲。他可以在凡尔赛宫庭院中散步，也能在五六个大城市不同时代的街道上闲逛。就算盖大饭店不是银河系里最为人称道的度假胜地，但这些让人引以为傲的设备，一定会让地球上名气更响亮的前辈旅馆相形见绌。

不过，穿过大半个太阳系来拜访这个奇异的新世界，却沉溺在地球的乡愁里，是有点可笑。尝试了几次后，普尔终于为他愈来愈少的休闲时间拟订了折中方案——为了娱乐，也为了寻找灵感。

没去过埃及是他长久以来的遗憾。现在，他非常高兴能在人面狮身像的目光下放松心情（时间是设定在争议性极大的“修复”之前），并欣赏游客攀爬大金字塔的巨大石块。幻象极其逼真，但渺无人烟的沙漠边缘就是鲍曼套房的地毯，实在很突兀。

然而在上方映衬着的，却是在金字塔盖好五千年后，人类才看到的天空。那不是幻象，而是盖尼米得上复杂且不断变化的现实。

因为这一个世界的自转能力（像其他同伴一样），远在多年前就已经被木星（那颗高挂天空一动不动、由巨大行星中生出的新太阳）给剥夺了。盖尼米得的一侧，永远沐浴在太隗的光芒下。而另一个半球，虽一直被大家叫作“暗地”，但这名字就像更早期的“月球暗面”一般让人容易误解。其实，盖尼米得的“暗地”就像月球的“暗面”一样，有半个“盖星日”的时间能看到老太阳明亮的光芒。

基于一个与其说有用，倒不如说很让人迷惑的巧合，盖尼米得会花上几乎正好一周的时间（七天又三个小时）绕行它的母星一圈。要制定出“盖星日//地球周”历法的企图，因为曾搞出极大的混乱，而在数世纪前就被废止了。像太阳系其他世界的居民一样，本地人沿用宇宙时，他们用数字为二十四时命名标准日，而非用星期。

由于盖尼米得新生的大气层还非常薄，而且几乎没有云气，天体的运行因而呈现永无止境的壮丽景观。在最接近盖尼米得的时候，艾奥和卡利斯托的大小几乎有地球上所见月亮的一半——这却是艾奥和卡利斯托唯一的共同点。艾奥如此接近太隗，所以只要两天不到便可绕行轨道一圈，甚至几分钟就能显现出可见的移动。卡利斯托比艾奥远三四倍，要花两个盖星日（或十六个地球日）才会悠闲地转完一圈。

这两个世界的实体性质就更不相同了。冻结的卡利斯托，几乎没有受到木星变成小太阳的影响：它仍是一片布满浅浅冰质陨石坑的荒原，这些陨石坑聚集如此紧密，是因为当年木星与土星的巨大重力场相互竞争，竞相吸引着外太阳系的破片，以致整个卫星表面没有一处逃得过不断的撞击。从那时候开始，除了几颗流弹之外，数十亿年以来便一直没有发生过什么事情。

在艾奥上，有些事却每周都发生。如同一位本地哲学家的评论，在太隗诞生前它是地狱——现在呢，则是炼狱。

通常普尔会调整影像，观察这火热的大地，近观火山口内部以及这片大于非洲且不断被火山重塑的陆地。有时，白炽的喷泉会冲入太空中数百公里高，像从死气沉沉的世界中长出来的巨大火树。

熔融硫黄的洪流自火山口与气孔中溢出，其颜色在红橙黄的狭窄光谱中变换，仿如变色龙一般，形成五颜六色的同素异形体。在太空时代的黎明到来前，没有人可以想象真有如此世界存在。虽然从普尔的优势观察点来欣赏，一切都非常迷人，但他也发觉，难以想象有人曾冒险登陆过那块连机器人都裹足不前的世界……

不过他最感兴趣的还是欧罗巴。在和盖尼米得最接近的时候，它几乎和地球那独一无二的月亮一样大，盈亏周期却只要四天。虽然在选择自己独享景观的时候，普尔并没有注意到其象征性，不过现在看起来，欧罗巴悬在另一个亘古大谜——人面狮身像上方的天空，却是再适合不过了。

打从发现号朝木星出发后这一千年来，欧罗巴的改变有多大，就算是普尔指定用原尺寸景观、不用放大效果也看得出来。在伽利略卫星中最小的一颗上，过去一度包覆全球的蛛网状细带与线条如今已经消失，只有两极地带例外。欧罗巴在新太阳所产生的热能之下，那里厚达数公里的全球性冰壳仍然持续不融；而其他地方，恰好在如地球的舒适室温，原始海洋却在稀薄的大气层中蒸发、沸腾。

在既是保护又是阻碍的冰壳融化后，对那些自水中浮出的生物而言，这也是舒适的温度。轨道上的间谍卫星，显示出巨细靡遗的景致，已经发现欧罗巴上有种生物已进化到两栖阶段。虽然它们大部分的时间仍在水里，但“欧星人”已经开始建构一些简单的建筑。

这些都发生在仅仅一千年的时间里，的确十分惊人。但没有人怀疑，解释就藏在最后也是最大的一块石板里——矗立在“加利利海”岸边那座数公里长的“长城”。

也没有人怀疑，石板用自己神秘的方式，守护着它在这个世界进行的实验——就像三百万年前它在地球上进行的一样。

19 人类的疯狂

普琳柯小姐

档案夹——英德拉

亲爱的英德拉——抱歉我连语音邮件都没有寄给你——借口当然一如往常，所以我也懒得说了。

回答你的问题——没错，我目前待在盖大饭店里挺自在的，可是花在这里的时间却愈来愈少，不过我对自己输送到套房里的天空景致很满意。昨天晚上艾奥磁流管上有了一场精彩的表演——是一种木星（我是说太隗）和艾奥之间的放电。很像地球上的极光，不过壮观多了。在我出生以前，电波天文学家就已经发现了这个现象。

既然说到古代——你知道阿努比斯市有警长吗？我认为他们

崇尚拓荒精神有点走火入魔了。让我想起爷爷常说的那些亚利桑那故事……我一定要讲些给盖星人听听……

有件事说起来可能有点蠢——我还不大习惯待在鲍曼套房里。我会忍不住一直回头看……

我怎么打发时间？跟在非洲塔时差不多。我跟本地的知识分子会晤，不过你可能会料想他们人数相当稀少（希望没有人窃听）。而且我也和教育系统（有真实的，也有虚拟的）互动，它似乎相当不错，不过比你所赞同的要更技术导向一点。这也难免，在这么一个陌生的环境里……

不过那让我了解了为什么有人要住在这里。那是我在地球上难得看到的一种挑战——一种使命感，你也可以这么说。

的确，大部分盖星人在这儿出生，所以他们不认为自己有别的故乡。虽然他们——通常——都太礼貌了，不会这么说，但他们觉得“母星”愈来愈颓废了。你们是吗？如果真的如此，你们“地人”（本地人是这么叫你们的）又打算怎么办呢？我见过的一班高中生希望能唤醒你们。他们甚至草拟了一份入侵地球的极机密计划，可别说我没有警告你们……

我去阿努比斯市外面走了一趟，去所谓的“暗地”，永远看不到太隗的地方。我们一行十个人——钱德勒、两名歌利亚号船员和六个盖星人——进入“暗地”，追逐太阳，直到太阳落入地平线，所以那里是真正的夜晚。真神奇——很像地球上极区的冬天，但天空却是一片漆黑……让我几乎觉得自己是在太空里。

我们顺利看到所有的伽利略卫星，还看到欧罗巴“食”艾奥——对不起，是“被食”。当然，这趟旅行是算好时间的，所以我们才看得到……

刚好也看到了太阳系几颗比较小的行星，不过“地月双星”还是最醒目的。我会不会想家？老实说，不会——不过我想念那里的新朋友……

我觉得抱歉的是——还没有和泰德·可汗博士见面，虽然他已经留了好几次话给我。我保证几日内就会跟他——地球日，不是盖星日！

替我问候安德森和丹尼——你知道丹尼现在怎么样了吗？是不是变回人了呢？随信寄上我的爱……

储存

传送

在普尔那个时代，姓名多少会透露出一个人的外表特征，不过三十世代之后，这已经不再准确。结果泰德·可汗博士竟然是位金发碧眼的北欧人，与其让他在中亚草原上驰骋，不如把他摆在海盗船上还比较像回事。不过，他扮演这两个角色都不会太成功，因为他还不到一百五十公分高。普尔忍不住来点业余的精神分析：个子小的人通常都是力求表现的人——这点，由英德拉所给的暗示来看，显然对盖尼米得上唯一的哲学家是很好的描述。可汗也许需要这些特质，以便在这么一个功能取向的社会里求生存。

阿努比斯市小得没办法容纳令人自豪的大学校园——虽说有人相信通信革命让大学校园已成过去式，但这样的奢华在别的世界依然存在。取而代之的是，阿努比斯市有一个更恰当而且同样有数百年历史的学院。这学院还有一小丛橄榄树，除非你自己试着穿过树丛，不然连柏拉图都会信以为真。英德拉说的那个“哲学系除了黑板之外什么都不需要”的笑话，在这个世故的环境里显然不适用。

“这是针对七个人使用而设计的，”当他们在故意设计得令人不太舒适的椅子上坐下来时，可汗博士十分骄傲地说，“因为那是有效互动的最大人数。而且，如果你把苏格拉底的灵魂也算进去，那就是斐多发表他著名演说时的人数……”

“那个关于灵魂不朽的演讲吗？”

可汗博士惊讶的表情，让普尔忍不住笑了起来。

“我毕业前修了一堂速成哲学——排课表的时候，有人觉得我们这些粗手粗脚的工程师应该受一点文化洗礼。”

“听到这种事真让我高兴，这样会让事情容易多了。你知道吗，我还不敢相信我的运气。你到这里来，几乎害我相信奇迹了！我也想过要去地球见你——亲爱的英德拉有没有告诉你我的——呃——沉迷？”

“没有。”普尔不大老实地回答道。

可汗博士看来相当高兴，显然乐得找到一个新听众。

“你可能听过别人称我无神论者，不过那倒也不尽然。无神论是不可证明的，一点也不有趣。无论多不可能，我们永远都没办法确定上帝曾经存在，然而现在却飞到了无限远处，任谁也找不到的地方…… 像释迦牟尼佛。我没什么立场评论这个主题，我的领域是在一般称之为‘宗教’的变态心理学。”

“变态心理学？这样评断很极端了。”

“史有明证。假设你是外星智慧生物，只关心可验证的真理，你发现了某种物种，他们把自己分裂成上千——不对，到现在应该是好几百万的族群，有着各式各样对宇宙源起及行为准则的信仰。虽然许多族群有相同的想法，甚至其中有百分之九十九的想法都重叠，但那剩下的百分之一，仍足以让他们为了教条的细枝末节（对外人来说毫无道理可言）而互相残杀。

“要如何解释这些非理性的行为？古罗马诗人卢克莱修说得好，他说宗教是恐惧的副产品——对神秘且通常不友善的宇宙之反应。对人类的史前时期来说，这也许是一种必要之恶。但为何会比所需要的更邪恶呢？为什么在已经不再必要的时候，仍会流传下来呢？

“我说邪恶——我没夸张，因为恐惧导致残酷。只要了解一点点宗教法庭的历史，就会令自己耻为人类…… 史上最恶心的一本书就是《女巫的消灭》，几个变态的家伙写的，描述由教廷授权甚至是鼓励的刑求——要从成千的无辜老太婆身上逼出‘自白’，然后再把她们活活烧死……教宗自己竟然还写了一篇赞许的序言！

“不过其他大部分的宗教——也有少数一些值得尊敬的例外——就像天主教一样糟糕……即使是你的时代，小男孩还要被锁着、鞭笞，直到他们记住狗屁倒灶的连篇鬼话，被剥夺童年和青壮岁月，去当僧侣……

“也许整件事最令人困惑的一面，就是那些显然是疯子的家伙，一世纪又一世纪地宣称他们——只有他们自己而已！——接收到来自上帝的信息。如果所有的信息都一致，那就天下太平了；不过，各信息间当然都天差地远，也无法阻止自命救世主的家伙召集上百有时甚至上百万的信徒，去和彼此之间只有一点点不同，但同样被误导的其他教派拼命。”

普尔觉得该是挑战泰德的时候了。

“你这么一说，让我想起小时候发生在我家乡小镇的一件事。有个圣人——加引号的——开了个店，宣称他可以制造奇迹，几乎立刻就召集了一群信众。而且，他的信徒既不愚蠢也并非文盲，通常还是来自最好的家庭。每个星期天早上，我都会看见一些高级的车子停在他的——呃——神殿旁边。”

“那叫‘拉斯普汀症候群’，史上有几百万个这种例子，遍每个国家。那种邪教，一千个里面大概会有一个可以流传几代。这个后来怎么样了？”

“嗯，他的对手相当不高兴，想尽办法诋毁他。希望我还记得他的名字——他用了一个很长的印度名字，史哇米什么的。结果这家伙其实是从阿拉巴马来的。他的把戏之一是凭空变出圣物，然后交给崇拜者。无巧不巧，我们当地的犹太法师刚好是个业余魔术师，还公开示范如何变那个把戏。不过一点用也没有，信徒说圣人的魔法是真的，犹太法师就是妒忌他。

“我很遗憾这么说，但有一阵子我妈对那个无赖挺认真的，那是在我爸跑掉之后没多久，说不定那也有点关系。有次她还把我拖去听他讲道。我大概才十岁，却觉得从来没看过长得这么讨厌的人。他留了一把可以养好几只鸟的胡子，搞不好真有鸟儿住在里面哪！”

“听起来像是典型的例子，这家伙风光了多久？”

“三四年吧。然后他急急忙忙离开镇上，因为人家逮到他开青少年性派对。当然他说是在施行神秘的灵魂拯救术。你一定不相信——”

“说来听听。”

“就算都到那个时候了，还是有一堆笨蛋相信他：他们的神不会错，所以他一定是被罗织的。”

“罗织？”

“抱歉，是指用假证据定罪。当其他方法都没用的时候，警察有时候会用这种方法抓犯人。”

“嗯。呃，你那位史哇米是十足的典型，我很失望。不过确实有助于证明我的论点——大部分的人类总是疯狂的，至少有时候如此。”

“旗杆镇的这个例子，是一个不具代表性的抽样。”

“没错，不过我可以举出上千个相同的例子，不只是你的世纪，而是各个时代。不管是多么荒谬的事，都有人愿意相信，通常还非常狂热，宁愿拼命捍卫，也不愿放弃自己的错误观念。对我来说，那是精神错乱的极佳操作型定义。”

“你会认为有强烈宗教信仰的人都是疯子吗？”

“就严格的技术层面来说，是的——如果他们真的都很虔诚，而不是伪君子。不过我估计，大概百分之九十的人都很虚伪。”

“我确定伯恩斯坦法师是真心的，他是我见过的人里面神志最清楚也是最好的人，这你又怎么解释呢？我见过唯一真正的天才，就是钱德拉博士，领导哈尔计划的那位。有一次我进他的办公室去找他，敲门时没人响应，我还以为没人在。

“他对着几尊奇异的青铜小雕像祈祷，前面还供着鲜花。其中一尊看起来像大象……还有一尊不止两只手臂……我觉得很不好意思，幸好他没发现，我就蹑手蹑脚溜出去了。你会说他疯了吗？”

“你举的例子不好，天才通常都是疯狂的！所以让我们这样说：他们不是疯子，但心智受损，那是肇因于童年的制约。基督教徒宣称：‘把一个小孩交给我六年，他将一生为我所有。’如果他们及时逮到少年钱德拉，他就会变成虔诚的天主教徒，而不是印度教徒了。”

“可能吧。不过我很困惑，你为什么急着要见我？恐怕我从来就没对任何东西虔诚过。我跟这一切又有什么关系？”

带着明显如释重负的喜悦，可汗博士一五一十告诉了他。

20 离经叛道

记录——普尔

嘿，弗兰克……所以你终于和泰德见面了。没错，你可以叫他怪胎——如果你对怪胎的定义是毫无幽默感的狂热者。不过怪胎通常都是那个样子，因为他们知道一个“极大的真理”——看到我的引号了吗？却没人肯听他们的……我很高兴你肯听他说——我也建议你对他的话认真点。

你说，你很惊讶地发现泰德的公寓里挂了一幅显眼的教宗肖像。那应该是他的偶像，“庇护二十世”吧——我以前一定跟你提过他。去查查他的资料——人家通常都说他叛教！那可真是个动人的故事，而且跟你出生前发生的某件事几乎一模一样。你一定知道戈尔巴乔夫吧，苏维埃帝国的领导者，20世纪末时，因为他揭露了帝国的罪恶与暴行，而使得帝国崩溃瓦解。

庇护二十世并未打算做到那种程度——他原本希望改造宗教界，不过当时已经不可能了。我们永远无法知道他是否打着同样的主意，他公开了宗教法庭的秘密档案，震惊了全世界。在那之后不久，他就被一个精神错乱的主教给暗杀了……

在那之前几十年，宗教界还因TMA-0的发现而震撼不已——想必那件事对庇护二十世有很大的冲击，理所当然也影响了他的行动……

可是你还没有告诉我，为什么泰德这个伪多神论者会认为你有助于他研究上帝。我相信他一定还在生上帝的气，气他躲得那么好。你最好别告诉他我这么说。

不过，再想一想，有何不可？

爱你——英德拉

储存

传送

普琳柯小姐

记录

嘿——英德拉——泰德博士又给我上了一课，不过我仍未告诉他为什么你觉得他在生上帝的气！

但我跟他有些非常有趣的辩论——不，对话，虽然说大部分的时间都是他在讲。真没想到在这么多年工程生涯后，我会再踏进哲学的领域。或许我必须先了解哲学，才能体会泰德的想法吧。不知道他会怎样评断我这个学生。

昨天我尝试从这个角度探讨，想看看他的反应。或许这是原创的方法，不过我挺怀疑的。我想你会有兴趣听——我也想知道你的看法。我们的讨论如下——

普琳柯小姐——复制94号语音文件

“当然，泰德，你不能否认，大部分最伟大的人类艺术作品，灵感都是源于宗教奉献。难道那些也没能证明什么吗？”

“是没错，不过并不是用能让所有善男信女都得到慰藉的方式。人类三天两头就会列出世上最巨大、最伟大和最优秀的种种来自娱。我确定在你那个时候，那是种相当普遍的娱乐。”

“的确如此。”

“在艺术方面，这种著名企图也出现过几次。当然，这样的名单不可能建立起绝对而且永恒的价值，不过倒是很有趣，因为它显示出品位如何随时间而改变。

“我最近看到的一份名单，是几年前在‘地球艺术网’上面。分成建筑、音乐、视觉艺术……我还记得几个例子……帕特农神庙、泰姬陵……巴赫的触技曲和赋格曲是音乐的第一名；接下来是威尔第的‘安魂弥撒曲’。艺术方面，当然有蒙娜丽莎。然后——我不大确定顺序，斯里兰卡某处的一组佛教雕像，还有英年早逝的图坦卡蒙国王的金面具。

“就算我记得其他的（我当然记不得），那也不重要，重要的是其文化与宗教背景。就整体而言，各艺术领域都没有独钟哪一种宗教——只有音乐例外。那可能纯粹是科技层面的偶发事件：因为风琴以及其他非电子乐器，在基督教西方已臻完善。但是……比方说，倘若希腊人和中国人认真看工艺技术，也就可能完全不是那么回事了！

“可是真正引起争论的，就我所关切的层面，是要公认一件最伟大的人类艺术作品。几乎在每份名单上都一再出现的——是吴哥窟。然而，启发该艺术的宗教早已绝灭数世纪，没有人真正知道那到底是什么宗教，只晓得它有数百位神祇，而非只有独一无二的一位！”

“真希望我可以把这个问题丢给伯恩斯坦大法师，我相信他一定有很好的答案。”

“这点毫无疑问。我也希望自己曾经见过他；然而我也很高兴，他没有活着看到以色列的下场。”

语音文件结束

你听到了，英德拉。希望盖大饭店的服务项目上有吴哥窟——我从来没去过，不过一个人总是不可能要什么有什么……

接下来，是你真正想要我回答的问题……我到这里来，为什么会让泰德博士那么高兴？

如你所知，他深信许多谜题的关键就矗立在欧罗巴上，已经有一千年的时间，没有人得以降落在那里。

他认为我可能会是个例外，他相信我有朋友在那儿。没错，就是戴维·鲍曼，不管他现在成了什么东西……

我们知道他被拉进了老大哥石板，却并未因此身亡——事后又不知怎么办到的，他还造访了地球。但还有其他的事，我本来并不知道，只有很少数的人晓得，因为盖星人对此事羞于启齿……

泰德·可汗花了多年时间搜集证据，他现在已对事实相当肯定——即使还无法解释。至少有六次，大概每隔一世纪，在阿努比斯市就会有可靠的目击者，报告他们看到一个——幽灵，就像海伍德·弗洛伊德在发现号上见到的。虽然这些目击者没有一个人知道那次意外事件，但当他们看到戴维的全息像时，却都能认出他来。六百年前还有另外一起目击事件，发生在一艘极靠近欧罗巴的探勘船上……

分开来看，没有人会把这些案例当真，但放在一起便一目了然。泰德很确定戴维·鲍曼以某种形式存活着，想必和我们称为"长城"的石板脱不了干系。而他还依旧对人类的事情有兴趣。

虽然他并未试图沟通，但是泰德希望我能试着联系他。泰德相信我是唯一做得到的人……

我还拿不定主意，明天我会和钱德勒船长谈谈。会让你知道我们的决定。爱你，弗兰克。

储存

传送——英德拉

21 禁地

“你相信有鬼吗，迪姆？”

“当然不信，但就像其他明白人一样，我怕鬼。问这干吗？”

“如果不是鬼，我就没做过更逼真的梦了。昨晚我和戴维·鲍曼促膝长谈。”

普尔知道，在需要之际，钱德勒船长会对他的话认真；而他也从没失望过。

“有意思——但这有个再明白不过的解释。你一直住在鲍曼套房里，上苍啊！你也告诉我你自己都觉得毛毛的。”

“我确定——嗯，百分之九十九确定你说得没错，而且我和泰德教授的讨论又唤起了这件事。你有没有听说过，戴维·鲍曼偶尔会出现在阿努比斯市？每隔一百年左右？就像发现号被重新启动之后，他对弗洛伊德博士现身一样。”

“那是怎么一回事？我听过一些模糊的故事，不过没怎么认真。”

“泰德博士可认真得很，我也是——我看过原始记录。当尘云在他身后成形，变成戴维的头像的时候，弗洛伊德就坐在我的老位子上。然后那东西便传达了那则著名信息，警告他赶紧离开。”

“谁不会呢？但那已经是一千年以前的事了，有足够的时间可以作假。”

“何必作假？泰德和我昨天还在看那个记录，我敢拿性命打赌它货真价实。”

“事实上，我同意你的看法。我也听说过那些报告……”

钱德勒愈说愈小声，似乎有点不好意思。

“很久以前，我在阿努比斯市这儿有个女朋友。她跟我说她爷爷看过鲍曼，结果我哈哈大笑。”

“不晓得泰德的名单上有没有这笔记录，你能不能帮他联络你的朋友？”

“呃——最好不要吧。我们已经好多年没说话了。就我所知，她可能在月球，或者火星……不管怎样，泰德教授为什么有兴趣？”

“这才是我真正想跟你谈的事。”

“听来不是好事，说吧。”

“泰德觉得戴维·鲍曼可能还活着，就在欧罗巴上面——不管他变成了什么东西。”

“在一千年之后？”

“喂！看看我吧。”

“一个例子不能算数，我的数学教授常这么说。不过继续说吧。”

“这是个很复杂的故事，也像缺了很多片的拼图游戏。但一般公认，三百万年以前，那块石板出现在非洲的时候，在我们祖先的身上发生了一些关键事件。它标示出史前时代的转折点——工具以及武器和宗教的首度出现……这不可能纯属巧合。石板一定对我们做了些什么。它当然不会光是杵在那儿，等着接受膜拜……

“泰德很喜欢引用一位著名古生物学家的话，他说：‘TMA-0在我们的屁股上踢了进化性的一脚。’他辩称这一踢并不是完全朝着我们想要的方向。我们一定要变得那么卑劣丑恶才能生存下去吗？也许是吧……就我对他的了解，泰德认为我们大脑的线路有些基础性的错误，让我们无法进行一致性的逻辑思考。更糟的是，虽说每种生物都需要一定程度的侵略性格才能生存，但我们拥有的却绝对比需要的多得多。也没有其他任何一种生物，会像我们一样折磨自己的同胞。这会是演化上的偶然、遗传学上的不幸吗？

“另一个广为接受的说法是，月球上的TMA-1是为了追踪这个计划，或实验或不管到底是什么东西，并向木星回报——显然木星是‘太阳系任务控制中心’；那也是为什么另一块石板——老大哥等在那里的原因。在发现号抵达之际，它已经等了三百万年了。到目前为止，同意吗？”

“同意，我一直都认为这是最有可能的理论了。”

“接下来是更为臆测性的事情。表面上看来，鲍曼是被老大哥吞了下去，不过他的某些人格似乎还残存着。海伍德·弗洛伊德于第二次探险木星遇到他之后二十年，他们在宇宙号上再度相遇，弗洛伊德是为了2061年与哈雷彗星的会合才加入任务。至少，他在回忆录里是这么告诉我们的——不过他口述时已经一百多岁了。”

“可能是高龄所致。”

“依照现代的标准就不是了！同样，或许更具意义的，是当银河号迫降在欧罗巴上面时，他的孙子克里斯也有同样怪诞的经历。而且，当然，该处就是那块石板目前所在之地！正被欧星人围绕着……”

“我渐渐了解泰德博士目的何在，现在该我们上场了。整个循环又从头开始，欧星人将被栽培成明日之星。”

“完全正确！一切都吻合。把木星点燃，是为了给它们一个太阳，融化那个冰冻的世界。警告我们保持距离，想必是为了不让我们妨碍它们的发展……”

“我在哪里听过这样的想法？对了！弗兰克——这要回溯到一千年前，回溯到你的时代！‘最高指导原则’！那部古老的‘星舰’影集可真是有先见之明。”

“我有没有告诉过你，我曾经见过其中几位演员？如果他们现在看到我，一定会很惊讶……我自己对那个不干预政策也常觉得矛盾。当初在非洲的时候，石板对人类所做的显然违背了这个原则。可能有人会说，的确带来灾难性的后果……”

“所以下次运气会比较好——在欧罗巴上！”

普尔干笑几声。

“跟可汗说的一模一样。”

“那他觉得我们该怎么办呢？最重要的是，你又扮演了什么角色？”

“首先，我们得知道欧罗巴上到底发生了什么事，还有为什么。单单从太空中观察是不够的。”

“我们还能怎么办？盖星人发射过去的探测器，在着陆前就统统炸掉了。”

“而且，打从拯救银河号的任务开始，载人宇宙飞船都被某种力场给推偏了，没人知道是哪种力量。很有意思，这证明了不管下面是什么东西，它纯属保护性质，没有恶意。而且——这才是重点，它一定有办法知道来者何人，能够分辨机器人和人类。”

“比我还厉害，有时候我都看不清。继续。”

“嗯，泰德认为，有个人也许可以降落在欧罗巴表面上——因为他的老朋友在那儿，也许他可以影响那股力量。”

迪米特里·钱德勒船长吹了声低沉的、长长的口哨。

“而你愿意冒这个险？”

“对。我又有什么好损失的呢？”

“一艘价值不菲的航天飞机，如果我没猜错的话。你就是为了这个原因，才学飞游隼号的吗？”

“嗯，既然你提起……我是这么想过。”

“我得好好想想。我承认你们勾起了我的兴趣，不过还是有很多问题。”

“因为我了解你，一旦你决定要帮我之后，别人就构不成障碍了。”

22 冒险

普琳柯小姐——地球所传来的列表优先信息

记录

亲爱的英德拉——我不是故意要那么戏剧化，不过这也许是我由盖尼米得传送出去的最后一通信息。等你收到的时候，我已经在前往欧罗巴的途中了。

虽然这是个仓促的决定，而且没有人会比我自己更惊讶，不过我却非常仔细地考虑过。你也猜得到，泰德·可汗是最主要的原因……如果我没回来的话，就让他去解释吧。

请不要误解我，我绝对没有把这件事当作自杀任务！不过我被泰德的论点说服了九成，他引起了我极大的好奇，如果我拒绝了这个一生只有一次的机会，我永远也不会原谅自己。也许应该说，是两生才有一次的机会……

我将驾驶歌利亚号的单人小航天飞机游隼号——我多么希望能够示范给我那些航天总署的老同事看！根据过去的记录判断，最有可能的结果，就是在我能降落欧罗巴以前，便会被推偏方向。即使如此，我也能学到些东西……

而如果它（想必是当地那块石板，那座“长城”）决定要像过去做掉那些探测器一样处理我，我也不会知道的。我已准备好要冒那个险了。

谢谢你做的一切，诚挚地问候安德森。传回来自盖尼米得的爱——希望下次是来自欧罗巴。

IV

硫黄国度

23 游隼

“目前欧罗巴距离盖尼米得大约四十万公里，”钱德勒船长告诉普尔，“如果你猛踩油门——谢谢你教我这个说法！游隼号可以让你在一小时内抵达。但我不建议这样做，咱们那位神秘的朋友，对这么高速冲过去的任何人都可能会起戒心。”

“同意！我也需要时间思考。我至少会花上几个钟头，而且我仍然希望……”普尔愈说愈小声。

“希望什么？”

“希望在我试图着陆以前，可以和戴维有某种形式的接触，不管他现在变成了什么。”

“对啊，当不速之客总是不礼貌的，就算造访熟人也一样，更何况是对欧罗巴上那些陌生人。说不定你该带点礼物去——古代的探险家都用什么？我记得镜子和玻璃珠一度还挺受欢迎的。”

钱德勒玩笑般的语气，并未成功掩饰他真正的关切，那不只是对普尔，同时也是为了普尔打算借用那昂贵的设备——歌利亚号的船老大终究是要负全责的。

“我还没决定我们该怎么进行。如果你凯旋，我希望沐浴在你的光辉里。可是如果你弄丢了游隼号也丢了自己的性命，我又该怎么说？说你趁我们不注意的时候偷走了航天飞机？恐怕没人会相信吧。‘盖尼米得交通控制中心’可是非常有效率的，而且他们也不得不高效！如果你不告而别，他们会立刻找到你，只要一微秒——嗯，一毫秒！除非我事前先呈报你的飞行计划，不然你一定走不了。

“所以我这么打算，除非能想到更好的办法……

“你驾驶游隼号出去，进行最后的资格测验——每个人都知道你早就单飞了。你会进入欧罗巴上方两千公里高的轨道，这相当正常，随时有人这么做，当地的力量似乎也不反对。

“预估飞行总时数是五小时加减十分钟。如果你突然改变主意不想回家，没人能拿你怎么样——至少，盖尼米得上的人办不到。当然，我会暴跳如雷，说这样的航空失误真是太令我震惊等等，诸如此类能让我在往后的侦查庭上更逼真的话。”

“会到那种地步吗？我不希望害你惹上麻烦。”

“别担心，也该是让这儿有点小刺激的时候了。不过只有你我知道这个计划，尽量别和船员们提起，我希望他们看起来——你教我的那个说法是什么？‘满脸无辜’。”

“谢了，迪姆——我真的很感激你做的这一切。希望你永远不必后悔，曾在海王星附近把我拖上歌利亚号。”

当船员们为游隼号准备一次原则上短程、例行的飞行任务时，普尔发觉自己的言行举止仍然难免引人怀疑。只有他和钱德勒知道，可能根本就不是那么回事。

不过他也并非像一千年前他和戴维·鲍曼那样，朝全然的未知飞去。游隼号的记忆中储存有高分辨率的欧罗巴地图，可以看出几米宽的细节。他清楚地知道自己要往哪里去；剩下的，就要看他能否打破数世纪以来的禁忌了。

24 脱逃

“请给我手动控制。”

“你确定吗，弗兰克？”

“非常确定，游隼……谢谢你。”

虽然似乎相当不合逻辑，但是大部分的人都发觉，不管自己的人造后裔心智有多简单，都不得不对它们客客气气。成册成册的心理学专著，以及热门的指南（《如何避免让你的计算机伤心》《人工智能的真实愤怒》），都以人／机礼仪为写作主题。许久以前就已经决定了，无论对计算机粗鲁无礼显得多么微不足道，都应该受到规劝。因为，这很容易就会扩及人与人之间的关系。

游隼号此时已经在轨道上了，一如飞行计划所提出的，安全来到欧罗巴上方两千公里处。一弯巨大的蛾眉占据了眼前的天空，而且即使没有被太隗照到的地方，也被远方的太阳照得一清二楚。普尔无须借助任何光学仪器，就可以看见预定的目的地，它就在平静的、冰冻的加利利海岸边，距离降落在这个世界的第一艘宇宙飞船的骨骸不远处。虽然欧星人早已取走它所有的金属零件，这艘不幸的中国宇宙飞船仍然像纪念碑般凭吊着它的船员；而这个星球上唯一的“村镇”（即使是个外星村落），实在该命名为“钱氏村”。

普尔决定先下降到海面上方，然后再慢慢朝钱氏村飞过去——希望这种方式会显得友善，至少也表示没有攻击性。虽然他自己也承认这个念头实在太天真，却也想不出更好的方法。

然后，突然之间，就在他落到一千公里以下的时候，有人打断了他——并非他期望的那种，却在他意料之中。

“盖尼米得控制中心呼叫游隼号，你已经逾越了你的飞行计划。请立刻告知现状。”

对于这般紧急的要求，很难置之不理，不过在这种情况下，也只好这么办了。

过了整整三十秒，离欧罗巴又近了一百公里后，盖尼米得又重复了信息。普尔再度置之不理，但游隼号则不然。

“你真的确定要这样吗，弗兰克？”航天飞机问道。虽然普尔很清楚是自己的想象，但他可以发誓，它的声音中透着一丝不安。

“相当确定，游隼号。我很清楚自己在做什么。”

那当然不是真的，而且从现在开始，可能要说更多的谎，而且是面对一个更世故的对象。

在控制板边缘，鲜少启动的指示灯亮了起来。普尔露出满足的微笑：一切都按照计划进行。

“这是盖尼米得控制中心！你听得到吗，游隼号？你正使用手动接管操作，所以我无法协助你。怎么回事，为何你仍持续朝欧罗巴下降？请立即回报。”

普尔开始有点良心不安了。他觉得自己认出了那位控制员的声音，而且几乎可以确定，就是那位迷人的女士——当他抵达阿努比斯市之后不久，在市长主办的欢迎会上遇见的那位。她的声音听起来真的很担心。

突然间，他知道该怎样安抚她了，也可以试试原本以为太荒谬而不予考虑的方法。或许还是值得一试，当然不会有负面影响，说不定还能成功。

“我是弗兰克·普尔，自游隼号呼叫。我好得很，但似乎有某样力量接管了控制系统，而且正把航天飞机带往欧罗巴。希望你们能接到这则信息——我会尽可能持续回报。”

嗯，他并不是真的对忧心忡忡的管制员撒了谎，他希望自己有一天能坦荡荡地面对她。

他继续说话，试着让自己的声音听起来非常诚恳，而不是在事实边缘游走。

“重复，这是游隼号航天飞机上的弗兰克·普尔，正朝欧罗巴表面下降。我猜有某种外力控制了我的航天飞机，并会使我们安全降落。

“戴维，这是你的老搭档弗兰克。是你控制了我的飞船吗？我有理由相信你在欧罗巴上。

“果真如此的话，我希望能见到你——不管你在哪里，不管你是什么。”

他压根儿没想过会有人响应。即使是盖尼米得控制中心，似乎也震惊得说不出话来。

但就某个角度而言，他也得到了答案。游隼号仍毫无阻拦地朝加利利海降落。

欧罗巴就在下方五十公里处；现在普尔用肉眼就能看到那条窄窄的黑色条状物，亦即最大的石板的站岗之处（如果它真在站岗的话），它就在钱氏村的外缘。

一千年来，没有人类得以如此接近。

25 深海之火

数百万年以来，这里一直是个海洋世界；隐藏的水由一层冰壳保护，隔绝于真空之外。大部分的地方，冰层均厚达数公里；但也有薄弱之处，冰层会裂开、崩解。之后，两种势不两立的死敌会进行短暂的对抗，那是在太阳系其他世界都见不到的短兵相接。海洋与太空的战争，总是以同样的僵局结束；暴露出来的海水同时沸腾与冻结，修补着冰质甲胄。

如果不是受到旁边木星的影响，欧罗巴的海洋只怕早就统统冻成冰块了。木星的重力不断搓揉这小世界的核心；摇撼着艾奥的力量在此也同样具有影响力，但没有那么厉害。深海中到处都是行星与卫星间角力的证据；在深海地震造成的持续鬼哭狼嚎中，气体由内部尖啸着蹿出，冰崩产生的次声压力波扫过深海的平原。和覆盖着欧罗巴的嘈杂冰洋比起来，即使是闹哄哄的地球七海都显得安静如斯。

分布在深海中随处可见的，是会让所有地球生物学家都又惊又喜的绿洲。绿洲绵延长达数公里，周围是一团团纠结的管状物，那是矿质卤水涌出后形成的，像是拙劣的哥德城堡仿制品。从那之中，黝黑滚烫的液体随着缓慢的节奏脉动而流出，像被强有力的心脏压缩着。犹如血液一般，那也是生命的明证。

滚烫的流体阻止了由上面渗流而下的冰冷液体，并在海床上形成温暖的岛屿。同样重要的是，它们从欧罗巴内部带来生命需要的所有化学物质。这般富饶的绿洲，供应着丰富的食物与能量，早在20世纪，就已被地球海洋的探险家发现。在这里则以一种更恢宏的规模展现，变化性也大得多。

细致且有如蛛网、看来像植物的结构体，在最接近热源的“热带”地区茂密生长着。爬行其间的，则是奇异的蛞蝓和蠕虫。有些在植物上进食，其他则直接从周遭富含矿物质的水中摄取食物。在这些来取暖的生物外围，距离深海之火远一点的地方，则生长着更顽强、更坚韧的生物，看来有点像螃蟹或蜘蛛。

成千上万的生物学家，都可以在此花上一辈子的时间，只研究一个小小的绿洲。与地球的古生代海洋不同，欧罗巴的深渊并非稳定的环境。因此，演化以惊人的速度进展，创造出许多神奇的生命形式，而且全部被某种神秘的制裁力量操控着生死。当这股统御力量的重心转移至别处，这些生命之泉迟早会衰弱与死亡。整个欧罗巴海床上，随处可见这种悲剧的明证；数不清的圆形区域内散布着死去生物的骸骨，以及残余的矿物质外壳。在那些地方，演化从生命之书中被成章删去。有些留下了唯一的纪念：巨大的、空荡荡的壳，像是旋涡状的喇叭，比人还要大。还有许多不同形状的蚌壳，有双壳的，甚至三壳的，也有螺旋形、宽达数米的——与地球白垩纪末期海洋中神秘消失的美丽菊石一模一样。

在欧罗巴深海中最大的奇观之间，从巨大的深海火山口中涌流而出的，是炽热的熔岩流。此处的水压如此巨大，使得与红热岩浆接触的水无法瞬间蒸发，这两种液体便剑拔弩张地共存着。

在这个外星世界，由外星演员所主演的埃及故事，远在“人”出现以前便已上演。如同尼罗河为沙漠中的狭长地域带来生命，这股温暖热流也使得欧罗巴的深海生动了起来。沿着河岸，宽不过数公里的地带，一种又一种的生物演化出来，盛极一时，随后消失；有些还会留下永久的遗迹。

通常，那些生物和热流口周围的自然形成物难以区分，就算它们显然并非纯粹由化学作用产生，也令人难以判定究竟是直觉还是智慧的产物。在地球上，只有由白蚁所建造的高楼大厦，才差不多可以媲美被巨大海洋冰封的世界中的这些发现。

在深海荒漠中，沿着窄窄的肥沃地带，整个文化甚至文明都有可能兴起又衰败。在欧罗巴的帖木儿或拿破仑指挥之下，也许有军队行进——或说泅水，而这世界的其他部分却毫无所悉，因为所有绿洲都相互隔绝，犹如行星之于彼此。沐浴在熔岩流的温暖中的生物，与在地热口周遭觅食的生物，都不能穿越介于彼此孤寂岛屿间的蛮荒野地。就算出现过史学家和哲学家，每个文化也将深信自己是宇宙中的唯一。

但在绿洲之间也并非全然是生命荒漠，还有更顽强的生物，能够忍受酷烈的环境。有些是欧罗巴的“鱼”：流线型的身躯，由垂直的尾巴推进，并由沿着身体生长的鳍操控方向。与地球最成功的海洋居民相似，乃是必然：面对同样的工程问题，进化必定会给予一致的解答。看看海豚与鲨鱼，外表几乎一模一样，但在进化树上却相距如此遥远。

然而，欧罗巴海洋中的鱼和地球上的相比，却有一个最明显的不同：它们没有鳃。因为在它们悠游的海水中，没有丝毫氧气可供呼吸。就像地球上地热口周边的生物一般，它们的代谢是以火山环境中所盛产的硫化物为基础的。

也只有极少数生物拥有眼睛。除了熔岩流泻时的闪光，以及偶然可见的、为求偶或追猎所发出的生物冷光，这是个没有光的世界。

这也是个命运多舛的世界。不单因为它的能量来源零星且变幻不定，也因为操控这些能源的潮汐力正不断减弱。就算发展出真正的智慧，欧星人也会被困在火与冰之间。

除非出现奇迹，不然它们会因为小世界终将冰封而灭亡。

太隗，则成就了这项奇迹。

26 钱氏村

在最后一刻，当他宁静地以时速一百公里来到海岸边时，普尔不知会不会功亏一篑。但即使当他沿着“长城”黝黑险峻的表面飞过，也没有遇到任何麻烦。

替欧罗巴的石板取这个名字，真是再恰当不过了。因为，与它自己在地球和月球上的小兄弟不同，老大哥水平地竖立，长度超过二十公里。虽然它的真实尺寸要比TMA-0和TMA-1大上数十亿倍，但比例却一模一样——那数世纪以来，激发许多探讨数字神秘关系的1：4：9。

它的垂直面几乎高达十公里，所以有个挺唬人的理论坚称，除了其他的功能外，“长城”还是一面防风墙，保护钱氏村免受偶尔来自加利利海的猛烈暴风袭击。现在的气候已经稳定，暴风不再那么频繁；但在一千年前，对那些刚从海洋中冒出头的生物来说，还真是个很大的威胁。

虽然普尔早已打定主意，却一直拨不出时间去看第谷石板——当年他出发去木星时，那还是最高机密呢。地球的重力，又让奥杜瓦伊峡谷变得那么遥不可及。不过他已看过太多次它们的影像，早已对它们了如指掌（他常常想，又有多少人非常了解自己的手掌呢？）。除了尺寸天差地远外，还真是难以区分TMA-0、TMA-1与“长城”（或者说，列昂诺夫号在木星轨道上遇见的“老大哥”）之间的不同。

根据某些疯狂到近乎真实的理论所云，其实石板只有一个原型，而其他的不论大小，不过是它的投射或影像罢了。普尔注意到“长城”黝黑高耸而无瑕的表面，不禁想起这些论点。待在如此恶劣的环境中这么多世纪，表面上总该有些斑点刮痕吧！但它看起来那么光洁，好像刚被一队擦窗大军仔细擦拭过。

然后他想起，每位去看TMA-0和TMA-1的人，都会有一股无法抗拒的冲动，想摸摸那看来光洁无瑕的表面，但没有人成功过。手指也好，金刚钻头、激光刀也罢——统统斜掠过石板，仿如石板表面覆有一层不能穿透的薄膜。或者说，好像是（这又是另一个热门的理论了）它们并非真正处于这个宇宙，而是和这个宇宙之间相隔着完全无法通过的几分之一厘米距离。

他沿着“长城”从容不迫地绕了一圈，“长城”却完全不为所动。然后他把航天飞机（仍然保持手动，免得盖尼米得控制中心又想“拯救”他）驶近钱氏村的外围，盘旋其上以便寻找最好的地点降落。

透过游隼号小小全景窗看出去的景致，对他而言再熟悉不过了！他在盖尼米得上常检视这些记录，但没想到有天可以亲眼目睹。看来欧星人完全没有城乡规划的概念：在约一公里见方的范围内，四下散布着数百个半球形结构体。有些好小，就算人类小孩待在里面都嫌挤；虽然也有些大到装得下整个家族，但统统不超过五米高。

它们都由同一种材料制成，在双重日光下，闪着白惨惨的光芒。地球上，面对既寒冷又缺乏物质的环境挑战，因纽特人也找到了相同的解决之道。换句话说，钱氏村里的小屋，也都是用冰搭成的。

取代街道的是运河，这对那些仍然未脱离水陆两栖、还会跑回水里睡觉的生物来说，真是再适合不过了。此外，大家也相信，它们还回去进食和交配，不过两种假说都尚未获得证实。

钱氏村享有“冰上威尼斯”的声誉，普尔不得不同意，这还真是个妥帖的描写。然而目光所及，却没有任何威尼斯市民，这个地方看来似乎已被遗弃多年。

还有一件神秘的事：尽管太隗比遥远的太阳明亮五十倍，而且一直固定在天上，欧星人似乎仍被古老的日夜节律锁死了。它们在日落时回到海里，然后随着太阳升起冒出来——虽说亮度其实并没有多大的改变。说不定在地球上也有类似的情节；在那儿，微弱的月亮和明亮得多的太阳，对动物的生命周期有同样的控制力。

再过一个小时就日出了，那时，钱氏村的居民将回到陆地，进行它们慢吞吞的活动——依照人类标准，它们当然是够慢了。驱动欧星人的硫基生化反应，效率比不上为地球绝大多数动物提供动力的氧化反应。即使是树懒都能轻轻松松跑赢欧星人，所以很难说它们有潜在的危险性。这是“好消息”。“坏消息”则是，即使双方都有诚意，试图沟通的过程也将非常缓慢——说不定还会冗长到令人无法忍受。

普尔判断，该是回报盖尼米得控制中心的时候了。他们一定非常紧张，而且他也纳闷，不知他的同谋钱德勒船长应付得怎么样。

“游隼号呼叫盖尼米得。毫无疑问，你们看得到我已经——呃，被带到钱氏村上空，对方似乎没有敌意。这里目前是‘太阳夜’，欧星人都还待在水里。我一旦降落，会再呼叫你们。”

普尔让游隼号像片雪花般轻轻降落在一块平坦的冰面上，他相信迪姆一定会以他为荣。他并没有利用游隼号的稳定性取巧，而是用惯性引擎抵消了航天飞机绝大部分的重量——希望正好够重，免得它不小心被风吹走了。

他已经在欧罗巴上了，是千年以来第一人。当老鹰号着陆月球时，不知阿姆斯特朗和奥尔德林是否也有这种飘飘然的感觉？也许他们登月小艇既原始又不聪明的系统，让他们忙得不可开交吧。

游隼号当然都是自动的。小小的驾驶舱里现在非常安静，只有不可避免也是令人心安的电子仪器运转顺畅的沙沙声。当钱德勒的声音——显然事先录好的——打断普尔的思绪时，给了普尔相当大的震撼。

“你成功了！恭喜你！如你所知，我们将于下下周返回柯伊伯带，但你应该有足够的时间。

“五天后，游隼号知道自己该怎么做。有你或没有你都一样，它会自己找路回家。所以祝好运喽！”

普琳柯小姐

启动加密程序

储存

嘿，迪姆，多谢那则令人振奋的信息！用这程序让我觉得好蠢，好像间谍肥皂剧里的特务。在我出生前，那些肥皂剧可热门了；话说回来，它多少有些隐秘性，可能会有用。希望普琳柯小姐下载得够完整……当然，普小姐，我只是开玩笑！

对了，我不断接到太阳系里各新闻媒体一大堆问题，可不可以帮我挡一下？不然转给泰德博士也成，他会乐于与他们周旋……

既然盖尼米得一直监视我，我就不浪费唇舌告诉你我看到些什么了。如果一切顺利，几分钟内我们就会有所行动。欧星人浮出水面时，会发现我早就安安稳稳地坐在这儿，等着迎接它们。到时就知道，这到底是不是个好主意……

不管发生什么事，一千年前张博士和他的伙伴降落在这里时所受到的震撼，是不会发生在我身上的！离开盖尼米得前，我又重新听了一次他那著名的遗言。我得承认，它让我有种阴森森的感觉——没法不去想，不知那样的事有没有可能再度发生……我可不愿像可怜的张博士那样子永垂不朽……

当然，如果出了岔子，我随时可以升空……我刚才又有一个有趣的想法……不知道欧星人有没有历史——任何形式的记录……关于一千年以前，发生在离此不远处的事件？

27 冰与真空

“这是张博士，自欧罗巴呼叫，希望你们听得到，尤其是弗洛伊德博士——我知道你在列昂诺夫号上面……我的时间可能不多了……我把宇宙飞行服上的天线朝向我认为你所在的位置……请将我的信息转送地球。

“钱学森号在三个小时前被摧毁，我是唯一的生还者。利用宇宙飞行服上的无线电——不晓得射程够不够远，但这是唯一的机会。请注意听……

“欧罗巴上面有生命。重复：欧罗巴上面有生命……

“我们平安降落。检查所有的系统，并拉出水管，立刻开始把水汲入推进槽……以免我们必须匆忙离开。

“一切依照计划进行……顺利得令人不敢相信。李博士和我出去检查水管绝缘层时，水槽已经半满。钱学森号停在——当时停在离‘大运河’三十米左右远。水管直接从宇宙飞船上伸出来，往下穿过冰层。冰非常薄，走在上面不安全。

“木星那时如一弯新月。我们有五瓦的照明，成串挂在宇宙飞船上，看起来像圣诞树——好美，冰上还有倒影……

“是李博士先看到的——从深处浮起一大团深色物体。起先我们以为是一大群鱼，但实在太大了，不可能是单一生物体——然后它开始突破冰层，并朝我们前进。

“它看起来像一大丛湿淋淋的海草，沿着地面爬行。李博士跑回宇宙飞船去拿相机，我留下来继续观察，并透过无线电回报。那个东西移动得很慢，我可以轻易逃开。我的兴奋大过警觉，还自以为知道它是什么生物——我看过加州外海的海带林照片——我真是大错特错。

“……我看得出它现在有麻烦。这里低于它正常环境的温度一百五十摄氏度，它不可能存活。它一边移动，一边被冻得硬邦邦的——像玻璃般一块块碎裂——但它还是持续朝宇宙飞船前进，像一阵黑色的潮水，移动得愈来愈慢。

“我仍然非常惊讶，没办法好好思考，也无法想象它究竟想做什么。就算朝着钱学森号前进，它看起来还是完全不具威胁性，像——嗯，一小片在移动的森林。我还记得自己在微笑，因为它令我想起莎剧《麦克白》中的勃南森林……

"然后，我才突然意识到危险。虽然它一点恶意也没有——但它很重——就算是在这么低的重力下，它身上的那些冰一定也有好几吨。它正缓慢地、痛苦地爬上我们的起落架……架子开始变形，全是慢动作，好像在梦里——或者说，在噩梦里……

"一直到宇宙飞船开始倾斜，我才了解那东西究竟想干什么，但为时已晚。我们本来可以救自己一命的——只要把灯关掉就成了！

"也许它是向旋光性的，由透过冰层的阳光，驱动它的生物周期。也可能它就像飞蛾扑火一般被吸引过去。我们的聚光灯，一定比欧罗巴上任何东西都要明亮，即使太阳也比不过……

"然后宇宙飞船就垮了。我看见船身裂开，水气凝结形成一团雪花。所有的灯都灭了，只剩下一盏，在一条离地面几米的电缆上来回摆荡。

"我不知道紧接着又发生了什么，我所能记得的下一件事，是自己站在灯的下面、在船骸的旁边，新形成的雪花像细致的粉末般笼罩着我。我可以看到自己的足迹非常清楚地印在上面。我一定是跑过来的，也许才刚刚过了一两分钟而已……

"那棵植物——我还是把它想成植物，一动也不动。不知是否被撞伤了；粗如人臂的大块碎片，像树枝般裂开。

"然后，主体再度动了起来。它抽离船身，开始向我爬来。那时我终于确定这东西是感光的。我就站在这盏一瓦的灯正下方，灯已不再晃动。

“想象一棵橡树——说是榕树更像，它有无数的枝条——因为重力的关系而瘫在地上，还挣扎着在地上爬动。它挪到距灯光不到五米处，然后开始解散，直到形成一个围着我的正圆形。想必是它所能忍受的极限吧——此时，光的吸引力变成排斥力。

“之后好几分钟的时间，它一点动静也没有。不知是不是死了——终于冻僵了。

“然后我看到许多枝条上生出大朵的芽苞，好像在看慢拍快放的花开影片——我认为那些是人头般大的花。

“色彩艳丽的细致薄膜开始绽放了，即使在那种时刻，我还是想着没有人——没有任何‘东西’曾经好好看过这些色彩，直到我们把光——我们那些要命的光啊——带到这个世界。

“那东西不知是卷须抑或雄蕊，正孱弱地摆动着……我走到那堵围着我的活墙壁前面，才能看清楚到底发生了什么事。从头到尾，我一点都不觉得这生物可怕。我很确定它没有恶意——如果它真有意识。

“有许多朵花，各在不同的绽放阶段。这会儿它们让我想起蝴蝶，刚刚羽化的蝴蝶——翅膀皱巴巴，依然脆弱——我愈来愈接近真相了。

“但它们冻僵了！才成形便死去。然后，一只接着一只从母体的芽苞上飘落。它们像搁浅在陆地上的鱼一般乱跳一阵——而我终于了解它们究竟是什么了。那些薄膜并非花瓣——而是鳍，或者相似的什么东西。是这个生物的泳行幼虫。也许它一辈子大部分的时间里都附着在海床上，然后送出这些可以移动的后代，去寻找新的地盘，就像地球海洋中的珊瑚一样。

“我跪下仔细看其中一个小生物。绚丽的色彩现在已渐渐消退，变成了无生气的棕色。有些瓣状鳍已经折断了，一结冻就变成脆脆的碎片。但它仍在蠕动，我接近的时候，还想躲开我。我不知它如何觉察我的存在。

“接着我注意到那些‘雄蕊’——我所谓的雄蕊——在末端都有着蓝色的亮点。看起来像袖珍的星形蓝宝石，也像扇贝的那串蓝眼睛，能感知光线，却无法形成真正的影像。在我观察时，生气勃勃的蓝色消退了，宝石成了暗淡、普通的石头……

“弗洛伊德博士，或随便哪个在听的人，我没多少时间了；维生系统的警报刚刚响起，不过我快说完了。

“那时我才知道该怎么做。挂着瓦灯泡的那条电缆几乎垂到地面，我拉了几下，灯泡便在一阵火花中熄灭。

“不晓得是不是太迟了，头几分钟，什么事也没有发生。所以我走到那堵围着我的纠结树墙旁边，踢了它一脚。

“慢慢地，这生物自行解散，开始往运河退去。我跟着它一直到河边，它一慢下来，我就再踢几脚以示鼓励，我可以感觉到脚下的冰被碾碎……渐渐接近运河，它似乎也重拾了力气和能量，仿佛知道已经接近自己的老家。不知它能否存活下去，再度发芽开花。

“它穿过冰面消失了，在异星的大地上只留下几只刚死的幼虫。暴露出来的水面冒了几分钟的泡泡，最后又结起保护的冰痂，便与真空隔离了。然后我走回宇宙飞船，看看有没有什么可以抢救——我不想提这件事。

“我只有两个要求，博士。我希望分类学家能用我的名字为这种生物命名。

“还有，当下一艘宇宙飞船回地球的时候，请他们把我的骨骸带回中国。

“几分钟之内，我就要失去动力了——真希望知道到底有没有人收到我的信息。反正，我会尽可能一遍遍重复……

“这是张教授在欧罗巴上，报告钱学森号宇宙飞船摧毁的经过。我们在大运河边着陆，并在冰缘架设水泵——”

28 小黎明

普琳柯小姐

记录

太阳出来了！好奇怪——在这慢慢转动的世界，太阳看起来升得好快！当然当然——太阳太小了，所以马上就整个跳出地平线……不过它对整个亮度没有什么影响——如果不朝那方向看，根本不会注意到天上还有这一个太阳。

不过我希望欧星人注意到了。“小黎明”之后，通常要不了五分钟，它们就会开始上岸。不晓得它们是不是已经知道我在这儿了，还是有点怕……

不——也有可能正好相反。说不定它们很好奇，甚至急着要去看看是什么奇怪的访客来到钱氏村……我倒希望如此……

它们来了！希望你们的间谍卫星在监视——游隼号的摄影机正在录像……

它们动作真慢！和它们沟通恐怕会非常无聊……就算它们想跟我说话……

它们看起来挺像压扁钱学森号宇宙飞船的那个东西，不过小多了……让我想起用五六根细长的树枝走路的小树，有几百根树枝，分杈、分杈……再分杈。就像我们大多数的全能机器人……我们花了多久时间才了解到，发展人形机器人真是件可笑的蠢事；最好的行走方法，就是利用许多小小的“自动脚”！每次我们发明了什么自以为聪明的东西，总会发现大自然老早就想到了……

那些小家伙好可爱，好像在移动的小树丛。不晓得它们怎么繁殖——出芽生殖吗？我没发现它们原来这么漂亮，几乎就和热带鱼一样色彩鲜艳——说不定是为了同样的理由……吸引异性，或者伪装成别的东西唬过天敌……

我有没有说它们像小树丛？就说玫瑰丛吧——它们真的有刺呢！应该有个好理由吧……

我好失望，它们一副没注意到我的样子。它们都朝着村子前进，好像有宇宙飞船来访是每日例行活动似的……只有几只留下来。说不定这招有用……我猜想它们能侦测到声音的震动——大部分的海洋生物都可以——不过这里的大气层可能太稀薄了，无法把我的声音带得太远……

游隼号——舱外扬声器……

嘿，听得到吗？我叫弗兰克·普尔……嗯……我是代表全体人类的和平使者……

让我觉得相当愚蠢，但是，你们有更好的建议吗？这样也好有个交代……

根本没有人注意我，大大小小都朝着它们的小屋爬回去。等它们到了那里，不知道会做什么？说不定我应该跟去看看。我确定会很安全——我的动作快得多喽——

我刚有个好玩的想法。这些生物统统朝同一个方向前进——好像电子学发展完备之前，在住家和办公室之间一天两次通勤往返的人潮。

我们再试试看吧，免得等下它们跑光了……

大家好！我是弗兰克·普尔，是来自地球那颗行星的访客，有人听到我说话吗？

我听到了，弗兰克。我是戴维。

29 机器里的鬼魂

弗兰克·普尔先是惊讶无比，随后感到排山倒海般的喜悦。他从未真的相信能达成任何接触，不管是和欧星人或是和石板。事实上他甚至还幻想过，自己充满挫折地踢着那高耸黝黑的“长城”，生气地大吼：“到底有没有人在家呀？”

但他也不该那么诧异，一定有某个智慧生命监测着来自盖尼米得的他，并同意他降落。当初他应该对泰德·可汗说的话更认真一点。

“戴维，”他慢慢地说，“真的是你吗？”

除了他还有谁？他心中有个声音自问。但那倒也不是个蠢问题，因为来自游隼号控制板小扬声器的声音，带着诡异，或说不自然的机械腔。

“没错，弗兰克。是我，戴维。”

略停了一下，然后同一个声音，语调没有任何改变，继续说道：

“嘿，弗兰克，我是哈尔。”

普琳柯小姐

记录

嗯，英德拉、迪姆，真庆幸我把那些都记录下来了，不然你们一定不相信我……

我猜自己还没从震惊中恢复。首先，对一个试图——也确实动了手——杀掉我的家伙，即使是一千年前，我该有何种感受！但我现在了解了，不该责怪哈尔，不该责怪任何人。有句忠告是我常觉得有帮助的：“袖手旁观并不代表不安好心。”我总不能对一群不认识的程序设计师生气，何况他们都死了好几个世纪了。

真庆幸这是加密的档案，因为我不知道该怎么处理这件事，而且接下来有许多我要告诉你们的事，到头来可能会变成百分之百的废话。我已经受不了信息超载了，得叫戴维暂时别理我——在我历尽千辛万苦来找他之后！但我不觉得伤了他的感情，我连他还有没有感情都不确定……

他是什么东西呢？问得好！嗯，他是戴维·鲍曼没错，但剥除了大部分的人性。像——呃——像书籍或科技论文的大纲。你们也知道，摘要可以提供基本信息，却不能提供任何有关作者人格特质的线索。但还是有些时候，我觉得老戴维的某些部分仍然存在。我不会把话说得很满，自认为他很高兴再见到我——说是不痛不痒还比较接近……对我自个儿来说，我还是很迷惑。像与久别的老友重逢，却发觉他已经变了一个人。唉，已经一千年了——我也无法想象他有些怎样的经历，不过就像我现在要让你们看的，他正试着要把其中一部分与我分享。

而哈尔——他也在这里，这点毫无疑问。大半时间里，我无法区分到底是谁在和我说话。在医学上不是也有双重人格的例子吗？说不定就是那样的情形吧。

我也问了他，这是怎么发生在他俩身上的，而他——他们——该死，就叫哈曼吧！哈曼也试着解释。我要再次声明：我可能不完全正确，但这是我心里唯一说得通的解释。

当然，有着多重面貌的石板是把钥匙——不对，这样讲不对。不是有人说过它是“宇宙的瑞士军刀”吗？现在还有这种东西，我注意到了，虽然瑞士已经消失好几个世纪了。它是个全能装置，可以做任何想做的事，或者被设定去做的事……

当年在非洲，三百万年前，它在咱们的进化上补踢了一脚，也不知是好是坏。然后它在月球上的小兄弟，就等着我们从摇篮里爬出来。我们早就猜到，而戴维也证实了。

我说过他没有多少人类感情，但他仍保有好奇心——他想学习。他碰到的是个多好的机会啊！

木星石板吸收他的时候——想不出更好的形容词了，它的收获超过预期。虽然它利用他——显然拿来当标本，也是调查地球的探测器——他也一样在利用它。透过哈尔的协助——谁又能比超级计算机更了解超级计算机呢？——鲍曼探索它的记忆，并试图找出它的目的。

接下来是件令人难以置信的事。石板是部威力强大的机器——看它对木星干了什么好事！——但仅此而已。它自动运转，没有意识。记得有次我在想，或许我会踢“长城”一脚，咆哮道：“到底有没有人在家呀？”而标准答案是：除了戴维和哈尔，没有别人了……

更糟的是，它的某些系统已经不行了。戴维甚至认为，基本上来说它变笨了！或许它已经太久没人照顾，该是维修的时候了。

而他相信，石板至少判断错误过一次。这样说可能不对——说不定它是慎重、仔细考虑过的。

不管怎么样，它——唉，真的很可怕，而它的后台更恐怖。幸好，我能让你们看到这一点，所以你们能自行决定。是的，纵使这是发生在一千年前，列昂诺夫号进行第二次木星任务的时候！而这么长的时间里，从没有人猜到……

我真的很高兴你们替我装了脑帽。当然它是件无价之宝——实在不能想象没它的日子要怎么过——但现在它正处理着超越原始设计的工作，而它表现得可圈可点。

哈曼大概花了十分钟才弄清楚脑帽如何运作，并设好界面。现在我们是心智对心智的接触——对我来说压力很大，我可以告诉你。我得不断叫他们慢下来，用幼稚的语句，或者说是幼稚的思绪……

我不确定这能传输得多完整，这是戴维个人的经验记录，已经有一千年历史了，不知如何储存在石板庞大的记忆中，再被戴维抓到，并灌输进我的脑帽——别问我怎么办到的——最后利用盖尼米得控制中心转送并传给你们。希望你们下载的时候别头痛才好。

现在回到21世纪早期，戴维·鲍曼在木星上……

30 泡沫风光

百万公里长的磁力触须、无线电波的突然爆炸、比地球还要大的带电离子体，还有替整颗行星覆上绚丽光辉的云朵，对他来说都同样真实且清晰可见。他能了解它们之间复杂的互动模式，也心领神会木星其实远比众人所揣测的更加美妙。

当他坠落过“大红斑”的暴风眼，这片宽如大陆的雷雨区中，无数的闪电在他身边爆炸；纵使大红斑的成分是比地球的飓风稀薄多了的气体，他也“知道”为何它能持续数世纪。当他沉入较平静的深处时，氢风微弱的尖啸也渐趋无声，一阵白茫茫的雪花自高处飘落，有些已融入碳氢化合物泡沫所形成的、不可思议的山峦中。这里已经够暖和，可以容许液态水存在，却未曾出现过海洋；因为这纯粹的气体环境，稀薄到无法支撑水分。

他穿过层层云朵，直到进入一片清晰区域，那儿能见度之高，连人类的眼力都能看到一千公里之外。那不过是大红斑这巨大旋涡中的一个小气旋，它保护着一个秘密，人类虽然猜测已久，却未能证实。

沿着漂流的泡沫山峦游移的，是无数娇小却线条分明的云朵，大小都差不多，并镶有相似的红棕夹杂的斑点。在与行星尺度的周遭环境相比时，它们才显得娇小；事实上，即使是最小的也足以掩蔽一座中型城市。

那些显然是生物，因为它们正从容地沿着泡沫山峦的侧面缓缓移动，把那些斜坡啃得精光，仿如巨大的绵羊。它们也会以数米的波段呼叫彼此，衬着木星发出的噼啪声及震荡，那些电波语言显得微弱却清晰。

简直就是活生生的气囊，在酷寒巅峰与炙热深渊间的狭窄区域中飘浮着。狭窄，没错——却是一片比地球任何生物圈都庞大的领域。

它们并不孤独。穿梭于它们之间的，是其他小得多、让人容易忽略的生物。其中有一些，和地球的飞行器有着几乎不可思议的相似外形，大小也差不多。那些同样也是生物——可能是掠食者，可能是寄生者，甚至可能是放牧者。

如他在欧罗巴上瞥见的外星异类，在他面前展开的是进化史上全新的一章。有着喷射推进的鱼雷形生物，就像是地球海洋里的乌贼，正在猎捕并吞食着巨大气囊；但气囊也并非毫无防卫能力，有些会用雷电霹雳和链锯般长达数公里的有爪触须反击。

还有更奇怪的形状，几乎开发了几何学上所有的可能性：奇怪的、半透明的风筝，四面体、球体、多面体、纠缠不清的丝带……木星大气层中的巨大浮游生物，就像是为了飘浮，有如上升气流中的蛛丝，直到能够留下后代。然后它们会被扫入深处，被新的一代碳化、回收。

他在一个比地球表面大上百倍的世界中寻觅，虽然看见了许多奇妙事物，却没有任何智慧的迹象。大气囊的电波语言仅仅传达着简单的警告或恐惧。即使是猎者，那些或许能发展出较高级组织的生物，也像地球海洋中的鲨鱼般，只是没有心智的机器人。

尽管有着令人咋舌的尺寸与奇景，木星的生物圈仍是个脆弱的世界。除了雾气与泡沫之外，那儿还有一些脆弱的丝线及薄如纸的组织，只有少数的结构比肥皂泡坚韧；即使是地球上最软弱的食肉动物，也可以轻易撕裂那儿最恐怖的掠食者。

就像欧罗巴的放大版，木星是进化的死胡同。意识永远不会在这儿出现；即使真的出现了，也会活得很痛苦。或许这儿可以发展出纯粹的空气文明，但在一个不可能有火，且几乎不存有固体的世界里，它连石器时代都到不了。

31 温床

普琳柯小姐

记录

嗯，英德拉、迪姆——希望传得很完整。我还是难以置信，所有那些奇妙的生物——我们早该接收到它们的无线电了，就算我们不懂！——全在瞬间被消灭，以便把木星变成太阳。

我们现在知道原因了，那是为了要给欧星人一个机会。多无情的逻辑！难道智慧真的是唯一吗？我可以预见和泰德·可汗就此主题大打舌战——

下个问题是：欧星人及格了吗？还是它们会永远困在幼儿园——不，在托儿所里？虽说一千年是段短时间，总该有些进步才对。但根据戴维的说法，欧星人现在就和刚从水里出来时同一副德行。仍有一只脚——或者说一根树枝！——留在水里，也许这就是症结所在吧。

还有件事是我们彻底弄错的，我们以为它们跑回水里睡觉，正好相反——它们是回去进食，上岸以后才睡觉！我们也可以从它们的构造——那些树枝网，推测出它们捕食浮游生物……

我问戴维："那些小屋呢？难道不是科技上的进展吗？"他说不尽然——那不过是把原本盖在海床上的建筑物加以改良罢了，用来抵御各种掠食者，尤其某种长得像飞毯，大得像足球场的……

不过，它们倒在一个领域表现出主动性，甚至原创力。欧星人对金属着迷，想必是因为它们的海洋中，金属并不以纯物质形式存在。那是钱学森号被扒光的原因，偶尔掉进它们领域的探测器也有同样下场。

它们拿搜集到的铜啊，铍啊，钛啊干什么？恐怕没什么用。金属统统被堆在一个地方，经年累月的成绩相当可观。它们可能渐渐发展出美感——我在"现代艺术馆"还看过更烂的……不过我有另外一个理论——听过"航机崇拜"没有？在20世纪，少数仍然存在的原始部族会用竹子仿造飞机，希望借此吸引那些在空中飞翔、偶尔带给他们美妙礼物的大鸟。或许欧星人也有这种想法吧。

至于你一直问我的问题……戴维是什么？而他——还有哈尔，又怎么会变成现在这副德行？

最简单的答案，他们当然都是石板巨大记忆中拟态——仿真出来的。他们大半的时候都呈休眠状态；当我向戴维问起这件事的时候，他说自从一千年前的——呃，蜕变之后，自己总共才被“唤醒”了五十年——他是这么说的。

我问他是否憎恨被夺走生命。他说：“我有什么好恨的？我的功能好得很。”对，口气就跟哈尔一个调调！但我相信那是戴维——如果现在两者还有区别的话。

记得那个“瑞士军刀”比喻吗？哈曼就是这把宇宙瑞士军刀众多零件的其中一个。

但他也不是完全被动的工具，当他醒着的时候，也有些自主权，一些独立性——想必也在石板主宰预设的限制中吧。数世纪以来，他被当成某种智慧探测器去观测木星——如你们方才所见——以及盖尼米得和地球。这就证实了佛罗里达那些神秘事件，包括戴维昔日女友的目击；还有他母亲临终前护士见到的……还有阿努比斯市的接触。

这也解释了别的神秘事件。我直截了当地问他：“为什么我得以降落在欧罗巴上？几世纪以来别人不是都被赶跑了吗？我都做好心理准备了。”

答案真是简单得可笑。石板常常利用戴维——哈曼——注意我们的行动。我被救起的经过戴维一清二楚，甚至还看了一些我在地球还有阿努比斯市的媒体访问。不得不说我有点伤心，因为他竟然没有试着和我联系！不过至少在我抵达的时候他热忱欢迎……

迪姆，在游隼号离开以前——不管有没有我，我还有四十八小时。我想我不需要了，现在我已经和哈曼联系上了，就算是从阿努比斯市，我们也可以同样保持联系……只要他高兴。

而且我急着要尽快回到盖大饭店去，游隼号是艘优异的小宇宙飞船，但是水管设备可以再改进——这里已经开始有怪味，我想洗澡想疯了。

希望赶快见到你们——尤其是泰德·可汗。回地球以前，我们可有的聊了。

V

终曲

32 安逸的绅士

大体上来说，这是虽有趣却平静无波的三十年，偶尔穿插着时间之神与命运之神带给人类的喜悦与哀伤。最大的喜悦完全是在意料之外；事实上，在他出发去盖尼米得前，普尔一定会斥之为无稽之谈。

有句成语说“小别胜新婚”，还真是大有道理。当他和英德拉·华莱士再度见面时，发现尽管他俩常拌嘴、偶尔意见不合，但两人却比想象中更为亲密。好事总是接二连三——包括他们共同的骄傲，棠·华莱士和马丁·普尔。

现在才成家已嫌太晚，更别说他已经一千岁了。而安德森教授也警告他们，传宗接代也许不可能，甚至更糟……

“你比自己想象中还要幸运得多，”他告诉普尔，“辐射损害低得惊人。用你未受损的DNA，我们得以完成一切必要修复。不过在做更多检验前，我无法保证基因的完整性。所以，好好享受人生吧！但在我说OK前，可别急着生小孩。”

那些检验相当费时，正如安德森担忧的，还需要进行更多修复工作。有个很大的挫折：虽然在精卵结合后数周，他们仍容许他留在子宫里，但那是一个根本无法存活的生命；不过后来的马丁和棠却很完美，有着数目正确的头、手、脚。他们也同样俊美慧黠，而且差点就要被那对双亲给宠坏了。在十五年之后，他们的父母虽选择了各自独立生活，但仍是最好的朋友。因为他们的“社会成就评估”极佳，他们一定可以获准，甚至被鼓励再生一个孩子，但是他们决定不要把自己惊人的好运用光。

在这段时间里，有件悲剧为普尔的生活带来阴影——事实上，也震撼了整个太阳系：钱德勒船长和他的全体组员都失踪了。当时他们正在探勘的一颗彗星星核突然爆炸，歌利亚号被彻底摧毁，只能找到几块小碎片。这种由极低温中的不稳定分子所引起的爆炸反应，是彗星采集这一行中众所周知的危险，在钱德勒的职业生涯里也遇到过好几次。没人知道到底是怎样的情况，才会让如此经验丰富的航天员也措手不及。

普尔对钱德勒万般思念：他在普尔的生命中，扮演着独一无二的角色，没有人可以取代——没有人可以，除了戴维·鲍曼，那个与普尔分享重要冒险经历的人。普尔和钱德勒常计划再回到太空，也许一路飞到欧特彗星云，那儿有着未知的神秘，与取之不尽、用之不竭的冰。但行程上的抵触总是阻挠了他们的计划，所以这个期待就成了永远无法实现的梦。另一个渴望已久的目标，他则设法办到了：不顾医生的嘱咐，他下到了地球表面，而一次已经足够。

他旅行时搭乘的交通工具，和他自己那个时代半身瘫痪病人所使用的轮椅几乎一模一样。它具有动力，配着气球制的轮胎，可以让它驶过还算平坦的表面。借着一组强有力的小风扇，它还可以飞起大概二十公分高。普尔很惊讶这么原始的科技还在使用，不过把惯性控制装置用在这么小的尺度上，也嫌太笨重了。

当普尔舒舒服服地坐着飞椅下降至非洲中心的时候，他几乎感觉不出体重逐渐增加，虽然他注意到呼吸变得有点困难，不过他在航天员训练中还碰过更糟的状况。让他完全没有心理准备的，是在驶出巨大、高耸入云的非洲塔底层时，那阵袭击他的炙热焚风。

现在不过是早上而已，到了中午会是什么样子？

他才刚习惯那种酷热，却又被一阵气味围攻。无数种味道，并没有令人不快，却都非常陌生，纷扰着要引起他的注意。他闭上眼睛，以免输入回路超载。

在决定再度睁开眼睛以前，他感到有个巨大、湿润的物体轻触他的颈背。

“跟伊丽莎白打个招呼。”向导说道。他是个结实的年轻小伙子，穿着传统“伟大白人狩猎者”的服饰，看起来花哨大于实用。

“她是我们的迎宾专员。”

飞椅上的普尔转过头去，发现自己与一只小象神采奕奕的双眼对个正着。

“嘿，伊丽莎白。”他软绵绵地回应道。伊丽莎白扬起长鼻子致意，发出一种在有礼貌的社会里不常听到的声音，不过普尔很确定她是出于善意。

他待在地球表面的时间，加起来还不到一小时。他一直沿着丛林边缘前进，那儿的树木和空中花园相比，是丑了点儿；他还遇到许多当地的动物。他的向导为狮子的友善而道歉，它们都被游客宠坏了；但是表情却大大补偿了他。这儿可是活生生、一如往昔的大自然。

在返回非洲塔前，普尔冒险离开飞椅走了几步。他了解那等于让自己的脊椎承受全身的重量，不过也没什么大不了的。如果不去试试看，他永远不会原谅自己。

那还真不是个好主意，也许他应该挑比较凉快的时候尝试才对。才走了十几步，他就庆幸地坐回舒适的飞椅上。

“够了。”他疲倦地说，“咱们回塔里去吧。”

驶进电梯大厅时，他注意到一面招牌，来时因为太兴奋，所以不知怎的忽略了。上面写着：

欢迎来到非洲！

“荒野即世界原貌。”

亨利·戴维·梭罗（*1817—1862*）

向导注意到普尔兴味盎然的样子，问道：“你认识他吗？”

这种问题普尔听得多了，此刻他并不打算面对。

“我想我不认识。”他疲倦地回答。大门在他们身后关上，把人类最早故乡的景物、气息与声音全都隔绝在外。

这番垂直的非洲历险，满足了他拜访地球的心愿，当他回到位于第一万层的公寓（就算在这个民主社会中，这里也是显赫的高级住宅区），他也尽了最大努力忽略各种酸痛。然而，英德拉却被他的样子吓到了，命令他立刻上床去。

“像安泰俄斯——但正相反！”她阴沉地咕哝。

“谁？”普尔问道。妻子的博学有时让他招架乏力，但他早就下定决心，绝不因此而自卑。

“大地之母盖亚的儿子。赫拉克勒斯跟他摔跤，但是每次他被摔到地上，力气马上就恢复了。”

“谁赢了？”

“当然是赫拉克勒斯。他把安泰俄斯举高，大地老妈就不能帮他充电了。”

“嗯，相信替我自己充电要不了多少时间。我得到一个教训：

如果再不多运动，我可能就得搬到月球重力层喽。”

普尔的决心维持了整整一个月：每天早上他都在非洲塔中选个不同的楼层，轻松地健行五公里。有些楼层仍是回音荡漾的巨大金属沙漠，可能永远也不会有人进驻；而其他楼层却在数世纪以来种种不相协调的建筑风格中造景与发展。其中许多取材自过去的时代与文化；那些暗示未来的，普尔则不屑一顾。至少他不至于会无聊，他的徒步旅程中常有友善的小朋友远远相伴。他们通常都没办法跟得上他。

有一天，普尔正大步走在香榭丽舍大道（挺逼真却游人稀少）的仿冒品上，他突然发现了一张熟悉的面孔。

“丹尼！”他叫道。

对方毫无反应，即使普尔更大声再叫他一次，也没有用。

“你不记得我了吗？”

现在普尔追上他了，更加确定他是丹尼，但对方却一副困惑的模样。

“抱歉，”他说，“当然，你是普尔指挥官。不过我确定咱们以前没见过面。”

这回轮到普尔不好意思了。

“我真笨。”普尔道歉后又说，“我一定认错人了。祝你愉快。”

他很高兴有这次相遇，也很欣慰知道丹尼已回到正常社会。不管他曾经犯的罪是冷血凶杀，或是图书馆的书逾期未还，他的前任雇主都不必再担心了，档案已经了结。虽然普尔有时会怀念年轻时乐在其中的警匪片，但他也渐渐接受了现代哲学：过度关切病态行为，本身就是一种病态。

在普琳柯小姐三代的协助之下，普尔得以重新安排生活，甚至偶尔有空可以轻松一下，把脑帽设定在随机搜寻，浏览他感兴趣的领域。除了他周遭的家人之外，他主要的兴趣还是在木星／太隗的卫星方面；自己是这个主题的首席专家，也是“欧罗巴委员会”的永久会员，倒并不是主要的原因。

在几乎一千年前成立的这个委员会，是为了那颗神秘的卫星，为了研究我们能为它做些什么，又该做些什么——如果真能有所作为。这么多世纪以来，委员会已累积了极大量的信息，可以追溯到1979年旅行者号飞掠之后的粗略报告，以及1996年伽利略号宇宙飞船绕轨提出的第一份详细报告。

就像大部分的长寿组织一样，欧罗巴委员会也逐渐僵化，如今也只在有新发展的时候才聚会。他们被哈曼的重现给吓醒，还指定了一个精力旺盛的新主席，该主席的第一个动作就是推举普尔。

虽说普尔只能提供一点点记录以外的数据，但他相当高兴能加入这个委员会。显然让自己有所贡献是他的责任，而这也提供了他原本缺乏的正式社会地位。之前他处在一度被称为“国宝”的状况，让他觉得有些不好意思。过去动荡不安的年代中，人民无法想象的富裕世界，正供给他过着豪华的生活；虽然他也乐于接受，但还是觉得该证明自己的存在。

他还感受到另一种需求，甚至是他对自己都极少提及的。哈曼在他们那次奇异会面中对他说话，一晃眼已经是二十年前的事了。普尔很确定，只要哈曼高兴，他大可轻轻松松地再度与自己说话。是不是他已经对与人类接触不再感兴趣了呢？希望不是那样，不过或许这是他缄默的原因之一。

他常和泰德·可汗联络，泰德的活跃与尖刻一如往昔，现在还是欧罗巴委员会驻盖尼米得的代表。自从普尔回到地球之后，可汗就不断尝试打开和鲍曼之间的沟通渠道，却都白费力气。他真搞不懂，他送出了一长串关于哲学与历史的重要问题，鲍曼怎么可能连简短的收件确认都不回。

“难道石板让你的朋友哈曼忙到连和我说话的时间都没有？”他对普尔抱怨，“他到底怎么打发时间啊？”

这是个挺合理的问题。自鲍曼处传来的答案却犹如晴天霹雳，形式则是普通至极的视频电话。

33 接触

“嘿，弗兰克，我是戴维，有一件很重要的事要告诉你。我假设你此时正在非洲塔上自己的套房里；如果你在那里，请证明身份——说出我们轨道力学课程教官的名字。我会等六十秒，如果没有响应，一小时后我会重试一次。”

那一分钟几乎不够让普尔从震撼中恢复。他感到既惊又喜，但随即被另一种情绪取代。真高兴又听到鲍曼的音信，但那句“很重要的事”却显然不是个好兆头。

至少他运气不错，普尔告诉自己。鲍曼问的，是少数几个他还记得的名字。他们要花上整整一周，才能适应那个苏格兰佬的格拉斯哥腔，谁又忘得掉他呢？不过一旦你了解他说的话之后，才会知道他可真是个好老师。

“格瑞格里·麦可维提博士。”

“正确，现在请将脑帽的接收器打开。下载这则信息需要三分钟，不要试图监视，我用的是十比一压缩。会在两分钟之后开始。”

他怎么办到的？普尔纳闷。木星／太隗现在位于五十光分之外，所以这则信息一定在一个小时前就送出了。必定是连同一个智能型代理程序，一起包在写好地址的封包里，随着欧罗巴至地球的电波送出来。但这对哈曼来说定是小事一桩，石板里显然有许多资源可供他利用。

脑帽上的指示灯闪了起来，信息传过来了。

照哈曼所用的压缩比例看来，普尔要解读这则信息得花上半个小时。但他只花了十分钟，就知道自己平静的生活已经戛然而止。

34 决断

在这么一个通信无远弗届且毫无延迟的世界里，要不泄密是很困难的。普尔当下便决定，这是个需要面对面讨论的问题。

欧罗巴委员会抱怨了一阵，但所有的成员还是集合在普尔的公寓中，一共有七个人。七是个幸运数字，长久以来不断迷惑人心，无疑是源自月球七个相位的启示。普尔还是头一次见到委员会其中三位成员，不过现在他对他们一清二楚，这也是他安装脑帽前不可能做到的。

“奥康诺主席，各位委员，在你们下载这则来自欧罗巴的信息前，我想先说几句话，几句就好，我保证！我希望能够口头报告，这样我比较自然——我对直接的思想传输，恐怕永远不会有安全感。

“正如各位所知，戴维·鲍曼和哈尔是以拟态的形式，被储存在欧罗巴的石板中。显然石板不会丢弃曾经有用的工具，而且常会启动哈曼，监视我们的活动——当他们关心的时候。我觉得我的抵达引起了关注，不过也可能只是我自抬身价！

“但哈曼并非只是个被动的工具。戴维的成分仍保有某些人格，甚至情绪。因为我们曾一起受训，甘苦与共那么多年，显然他觉得和我沟通比和别人沟通来得容易。我宁愿相信他乐于如此，但也许这个用词太强烈了……

“他也有好奇心，喜欢追根究底，而且可能对自己像个野生动物标本般被搜集的方式有点恼火吧。在制造了石板的那些智慧生物眼中，也许我们不过就是野生动物罢了。

“这些智慧生物如今何在？哈曼显然知道答案，还是个令人毛骨悚然的答案。

“如同我们向来所猜测的，石板是某种银河网络的一部分。最接近的节点——石板的控制者，或说顶头上司，就在四百五十光年外。

“简直就是兵临城下！这意味着21世纪早期传输出去的、关于人类和人类活动的报告，已经在五百年前就被送到了。如果石板的——就说‘主人’吧，立刻响应的话，任何进一步的指示，差不多该在这个时候抵达。

“显然这就是目前发生的事。过去几天，石板接收到一连串的信息，想必也依照那些信息设定了新的程序。

“不幸的是，哈曼对那些指示的本质只能猜测。你们下载这光片后就会了解，他多少能够使用石板的回路和记忆库，甚至还能和它进行某种对话。这样讲不知对不对，因为要两个人才能叫对话！我一直不能体会，拥有那些力量的石板竟然没有意识，甚至不知道自己的存在！

“这个问题哈曼已经断断续续沉思了一千年，而他得到的答案和我们大部分的人得到的一样。但他的结论应该更有分量，因为他有内线消息。

“抱歉！我不是故意要开玩笑，但是你又能叫它什么呢？

“不管是什么东西不厌其烦地制造了我们，或者是对我们祖先的心智和基因动了手脚，它正在决定下一步动作，而哈曼很悲观。不对，这样说言过其实，应该说他觉得我们机会不大。但他现在是观察者，太抽离了，不会无缘无故担心人类的未来，担心人类的存亡绝续！那对他来说不过是个有趣的问题，但他愿意协助我们。”

出乎这些专注的听众意料，普尔突然停了一下。

“真奇怪。我刚想起一件令人讶异的往事……我想那应该能解释现在发生的事。请再耐心听我说……

“有天我和戴维沿着肯尼迪中心的海岸散步，就在发射前几周。我们看到沙地上躺着一只甲虫，这很常见。甲虫六脚朝天，正努力挣扎想要翻过身来。

“我没理它——我们正在讨论复杂的技术问题，戴维则不然。他站到一边去，用脚小心地帮它翻身。它飞走后我评论道：‘你确定这样做好吗？这下它可以飞去大啖某人的名贵菊花了。’而他说：‘可能吧，但我希望给它一个证明自己清白的机会。’

“很抱歉，我保证过只说几句话的！不过我很高兴自己还记得这个小插曲，相信这有助于正确解读哈曼传来的信息。他要给人类一个证明自己清白的机会……

“现在请各位检查脑帽。这是一则高密度的记录——在紫外波段的顶端，110号频道。请放轻松，但要确定使用视觉联机。开始了……”

35 军情会议

没有人要求重放，一次已经足够了。

播放结束以后出现了短暂的缄默。主席奥康诺博士取下脑帽，按摩着她光亮的头皮，慢慢说道：

“你教过我一句你那个时代的成语，看来非常适合现在的状况。这是个‘烫手山芋’。”

“但是鲍曼——哈曼丢过来的。”其中一位成员说，“他真的了解像石板那么复杂的东西如何运作吗？还是这整个情节都是他想象出来的？”

“我不认为他有多少想象力。”奥康诺博士回答，“一切都吻合，尤其是关于天蝎新星的部分。我们原本假设那是意外，但显然是个——判决。”

“先是木星，现在又是天蝎新星。”克劳斯曼博士说。他是著名的物理学家，被公认为传奇人物爱因斯坦再世。不过也有人谣传，小小的整形手术让他看来更惟妙惟肖。“下次会轮到谁？”

“我们一直猜想，”主席说道，“那些石板在监视我们。”她暂停了一会儿，接着难过地补充道，“我们的运气真是糟——简直是糟糕透顶，结果报告竟然就在人类历史上最坏的时期发出去！”

又是一阵静默。大家都知道，20世纪通常被称为“悲惨世纪”。

普尔静静听着，并未开口，他等着大家产生共识。这个委员会的素质让他肃然起敬，已经不是第一次了。没有人要证明自己心爱的理论，或批评别人的论点，或自我膨胀。在他那个时代，航天总署那些工程师和管理阶层、国会议员，还有工业领袖之间气氛火爆的争论，让他忍不住要拿来比较一番。

是啊，人类毫无疑问是进步了。脑帽不只协助去芜存菁，也大大提高了教育的效率。但有得必有失，这个社会上令人难忘的人物很少。当下他只能想到四个：英德拉、钱德勒船长、可汗博士和他惆怅回忆中的龙女。

主席让大家心平气和地来回讨论，直到每个人都发言过了，她才开始总结。

“很明显的第一个问题是：我们对这个威胁应该认真到什么

程度？根本不值得浪费时间。就算是虚惊或者误会一场，它的潜在危险性也太高了，我们非得假定是真的不可，除非我们有绝对的证据证明正好相反。同意吗？

“很好，而且我们也不知道自己还有多少时间。所以我们得假设这个危机迫在眉睫。或许哈曼可以给我们更进一步的警告，但到那个时候可能已经太迟了。

“所以我们唯一得决定的事就是：我们如何保护自己，抵御像石板这么威力强大的东西？看看木星的下场！显然还有天蝎新星……

“我确定蛮力是没有用的，不过我们也应该探讨那方面的可行性。克劳斯曼博士——制造一颗超级炸弹要花多长时间？”

“假设所有设计都还‘保存’着，不必再做任何研究——噢，大概两个星期吧。热核武器挺简单的，用的都是普通材料——毕竟，它在第二千禧年就已经被制造出来了！可是如果你要比较高明的东西——比方说反物质炸弹或者微黑洞，嗯，那可能要花上几个月。”

“谢谢你，请你立即着手进行好吗？不过我也说过了，我不相信它会有用；一个能掌握那么强大力量的东西，一定也能够抵御那些武器。还有没有其他建议？”

“不能谈判吗？”一位委员没抱多大希望地问道。

“跟什么东西……跟谁？”克劳斯曼回答，“据我们所知，基本上石板是个纯机械结构，仅仅进行被设定的事情罢了。或许那程序有些弹性，但我们无从得知。我们当然也不可能向‘总部’上诉，那可远在五百光年之外！”

普尔安静地听着，这些讨论他帮不上忙，事实上，大半时间他根本就听不懂。他开始觉得愈来愈沮丧；如果不公开这则信息，他想，会不会比较好呢？然后，假如真是虚惊一场，反正也不会更糟糕。而如果不是……唉，无论如何在劫难逃，人类至少保有心灵的平静。

他还在咀嚼这悲观的想法，一句熟悉的话突然让他竖起了耳朵。

一位矮小的委员猛然丢下一句话。他的名字又长又拗口，普尔连记都记不住，更别说念出来了。

“特洛伊木马！”

接下来是可称之为“酝酿”的一阵缄默，跟着是一阵“我怎么没想到！”“对啊！”“好办法！”的七嘴八舌。直到主席在这次会议中第一次大叫肃静。

“谢谢你，席瑞格纳纳山潘达摩尔西教授。”奥康诺博士一字不差地说道，“你能不能说得更仔细些？”

“当然。倘若石板如同大家所认为的，基本上是没有意识的机器，只具备有限的自我保护能力，那我们可能已经拥有足以打败它的武器了，就锁在‘密室’里。”

“载送系统就是——哈曼！”

“一点也没错。”

“等一下，席博士。我们对石板的构造不清楚，甚至完全一无所知，怎能确定我们这些原始人类的发明能有效对付它？”

“是不能。但你要记住，无论石板有多高明，它也得遵守数世纪前亚里士多德和布尔写下的普适性逻辑定律。所以锁在密室里的东西可能——不，是应该！会对它有杀伤力。我们得把密室里锁着的东西巧妙组合，让其中至少有一个可以作用。那是我们唯一的希望——除非有人能想到更好的主意。”

“对不起，”普尔终于失去耐心，“有没有人可以好心告诉我，你们讨论的这个著名的‘密室’到底是什么，在哪里？”

36 恐怖密室

历史上充满了梦魇，有些是自然的，有些是人为的。

21世纪末，大部分自然的梦魇已经因为医药的进步而被消灭，或至少受到控制，包括天花、黑死病、艾滋病，还有隐匿在非洲丛林中的恐怖病毒。然而，低估大自然总是不明智的，而大家也都相信，未来还会有令人不快的惊奇伺机而出。

所以，为了科学研究而保存所有恐怖疾病的少数标本，看来是明智的预防措施。当然要严加戒备，才不会让它们逃出去，再度引发人类浩劫。但谁又能完全确定，这种事情没有发生的危险？

在20世纪末，有人建议将所知的最后几个天花病毒，存放在美、俄的疾病控制中心，那引起了一阵挺激烈的抗议（大家完全可以理解）。不管机会多么小，这些病毒仍有可能因为种种天灾人祸而释放出来，比方说地震、设备损坏，甚至是恐怖分子的破坏行动。

能够让每个人都满意的解决之道，就是把它们运到月球（那一小群高喊“保护月球荒野！”的极端分子却绝不会满意），在“雨海”最显著的地标“尖峰山”里挖条一公里长的甬道，将之保存在甬道末端的实验室中。这么多年下来，那儿还不时加入一些人类滥用智慧（其实是疯狂）的杰出案例。

那就是毒气和毒雾，即使微量也会引起慢性或立即的死亡。有些是由宗教狂热分子所制造（他们虽精神错乱，却能习得相当的科学知识）。他们之中有许多人相信，世界末日就在不久的将来（那时当然只有他们的信徒才会得救）。万一上帝心不在焉，未曾照章行事，他们要确定自己能修正他不幸的失误。

这些要命的宗教狂热分子头一波攻击的，是一些脆弱的目标；像是拥挤的地铁、世界博览会、运动会、流行音乐会……成千上万的人因此丧命，还有更多人受了伤。直到21世纪初期，这些疯狂行为才逐渐被控制。事情常像这样，祸兮福所倚，这些事件逼得全世界的执法单位史无前例地合作。因为就连那些支持政治恐怖主义的流氓政府，也无法忍受这种随机、完全不能预期的变种恐怖主义。

这些攻击行动（还有早期的战争）所使用的化学及生物武器，都成了尖峰山要命的收藏；如果有解毒剂，也一并入列。大家都希望，人类再也不要跟这些东西有任何瓜葛；但如果真的出现迫切的需要，在高度戒备下，仍然随时可以取用这些东西。

尖峰山储存的第三类物品虽可归类为瘟疫，却从来没有杀死或伤害任何人——顶多也只是间接。在20世纪末以前，它们甚至不存在。但仅仅几十年，它们就造成了数十亿元损失，而且通常和有形的疾病一样，可以有效地残害生命。这种疾病攻击的目标，是人类最新颖也最多才多艺的仆人——计算机。

虽然取名自医学辞典——病毒——它们其实是程序，只是常常模仿（有着怪异的精确性）它们的有机亲戚。有些无害，不过是开玩笑，设计来吓唬或消遣计算机操作者，方式是让视频显示器出现意料之外的信息或画面。其他的就恶毒多了，根本就是恶意的毁灭程序。

在大部分的案例里，目的是为了钱；它们是武器，被高明的罪犯拿来当工具，勒索那些如今完全依赖计算机系统的银行与商业组织。一旦受到警告，除非他们把数百万元汇进某个不知名账号，否则他们的数据库会在特定时刻自动清光。大部分的受害者不愿冒任何可能万劫不复的危险，他们默默付钱，通常（为了避免公众甚至私下的尴尬）他们也不会通知警方。

这种可以理解的隐秘需求，让那些网络土匪很轻易地进行电子抢劫，就算被逮到了，司法体系也不知道该拿这种新奇罪行怎么办，只能略施薄惩——而且，毕竟他们也没有真正伤害什么人，不是吗？事实上，当他们服完短暂的刑期后，依照“做贼的最会捉贼”定律，受害人还会默默雇用这些歹徒。

这种计算机罪犯纯粹出于贪念，他们当然不愿意摧毁他们吸血的对象。理智的寄生虫是不会杀死寄主的。但还有更危险的社会公敌……

他们通常是心理失调的个体：清一色青春期男性，完全独自作业，当然也绝对隐秘。他们只是为了要制造出能引起灾难和混乱的程序，再经由电缆和无线电全球网络或有形载具如磁盘和光盘，散布到整个地球。对于引起的混乱，他们会乐在其中，并沉醉在混乱赐予他们可怜心灵的权力感里。

有时，这些误入歧途的天才会被国家情报单位发掘并吸收，为的是某种秘密目的——通常是闯进敌方的数据库。这算是挺无害的雇用方式，因为上述组织对人类世界至少还有些责任感。

那些天启教派就不是这么回事了，他们发现这种新兵力掌握着更有效率、比毒气或细菌更容易散播的杀伤力。同时这种武器也更难反击，因为它们能在瞬间散布到数以百万计的办公室与住家。2005年纽约—哈瓦那银行的崩溃，2007年印度核导弹的发射（幸好核弹头并未引爆），2008年泛欧航空管制中心的当机，同年北美电话网的瘫痪……这些都是宗教狂热分子对世界末日的预演。多亏了那些通常并不合作，甚至互相敌对的国家级反间谍机构的高明行动，这股威胁才渐渐受到控制。

至少，一般大众相信：因为有数百年的时间，并没有发生针对社会根基所做的攻击行动。制胜的重要武器之一是脑帽——虽然有些人认为，所花的代价实在太大。

脑帽普及之后不久，有些聪慧过人（又极热心）的官僚了解到，脑帽具有成为预警系统的独特潜力。在设定的过程中，当新使用者在心智“校准”时，可以侦测出许多尚未发展出危险性的心智异常。通常也能指示最好的治疗方法，但若显示没有适当疗法，也可以利用电子追踪监测该用户；或者在比较极端的案例中，则是进行社会隔离。这个方法当然只能检验脑帽的使用者，但是到了第三千禧年末，脑帽已经变成日常生活的要件，就像个人电话刚开始时的情况一样。事实上，那些未加入的人，都自然而然可疑，并且被当成性格异常者检查。

不用说，当“心智刺探”（批评者这么称呼）开始普及之后，民权组织发出怒吼；他们最引人注意的口号之一是：“脑帽还是脑监？”但是渐渐地，甚至有点勉强地，大众也接受了这种形式的监视，乃对抗邪恶的必要预防措施。而随着心理健康的普遍改善，宗教狂热开始迅速衰微，这结果也绝非偶然。

对抗计算机网络罪犯的长期抗战结束以后，胜利的一方发现自己拥有令人尴尬的战利品，都是过去任何一位征服者完全无法理解的。当然有几百种计算机病毒，大都难以侦测和杀死；还有些实体（没有更好的名字了）更恐怖，它们是被巧妙发明出来的疾病，无法治愈——其中有些甚至连治愈的可能都没有……

它们大多和伟大的数学家扯在一起，那些数学家若看到自己的发明被如此滥用，只怕会吓得面无人色。人类个性的特色，就是会取些荒谬的名字来贬抑真正的危险性，所以这些病毒都有着颇滑稽的名字，像是布尔炸弹、杜林鱼雷、哥德尔小鬼、夏农圈套、曼德布罗特迷阵、康托大乱、康威之谜、组合学剧变、劳伦兹迷宫、超限陷阱……

如果真能一言以蔽之，则这些恐怖程序都是依照相同的原理运作。它们不靠那些幼稚的方法，例如抹除记忆或者损毁程序代码——正好相反，它们的方法微妙多了。它们说服寄主机器启动一个程序，事实上该程序就算运算到了时间的尽头都不会有结果，不然就是启动一个无限多步骤的程序（最要命的例子是曼德布罗特迷阵）。

最常见的例子是计算π，或其他的无理数。然而，就算是最笨的电光计算器，也不会掉进这么简单的陷阱里。低能机械磨损着自己的齿轮，甚至磨出粉末，想尽办法做零除的计算，那样的日子早就过去了……

这些恶魔程序员挑战的，是要说服他们的目标相信，那些任务有确定的结果，可以在有限时间内完成。在男人与机器的智慧战争里，机器总是落败的一方（女人很罕见，只有几个典型人物，像阿达·洛芙莱斯夫人、格蕾丝·赫柏上将以及苏珊·凯文博士）。

要用“抹去／覆写”指令毁掉这些捉来的秽物并非不可能（虽然在某些案例中是有点困难，甚至冒险），但它们代表着时间与才智的大手笔投资，所以无论是如何被误用，丢掉似乎很可惜。更重要的是，或许应该把它们留作研究之用，存放在某个保险的地方，以免万一哪天被坏人发现，又拿出来为非作歹。

解决之道清楚得很。这些数字恶魔理当和自己的化学与生物亲戚一块儿，被封存在尖峰山的密室里，最好能直到永远。

37 达摩克利斯行动

对这个装配人人希望永远用不上的武器的小组，普尔和他们向来没有太多接触。这次行动被命名为“达摩克利斯”，虽不吉利，却也挺适合的；但行动的高度专业化让他无法有任何直接贡献。而他对整个特殊部队也够了解了，足以明白其中有些人可能几乎属于异星族类。事实上，其中一位重要成员显然在疯人院里（普尔很讶异这样的地方仍然存在），而奥康诺主席有时还建议，至少有两位应该一同入院。

“你听过‘谜团计划’吗？”在一次特别令人沮丧的会议之后，她问普尔。

普尔摇摇头，她接着说：“我真惊讶你竟然不知道！那不过是你出生前几十年的事。我是在为‘达摩克利斯’找资料的时候看到的，状况很类似：是在你们那个时代的某场战争里，一群杰出的科学家秘密集合在一起，要破解敌方的密码……顺带一提，他们造出了首批真正计算机，这项工作才得以完成。

“还有个可爱的故事——希望是真的，而且这个故事让我联想起我们的团队。有一天首相去视察，事后他对谜团计划的指挥官说：‘我说要你别放过任何角落，没想到你会真的照做。’”

想必为了“达摩克利斯计划”，大家已经找遍了每个角落。然而，没有人知道面对的期限是以天计、以周计，还是以年计，因此刚开始时难以产生急迫感。保密需求同样制造了问题，因为实在没有理由对整个太阳系发出警报，所以只有不到五十个人知道这计划。但他们都是关键人物，可以召集所需的一切武力，还有些人可以单独授命开启尖峰山密室，这可是五百年来第一次。

随着哈曼报告说石板接收信息愈来愈密集，似乎也像是有什么事要发生了。

发现这些日子难以成眠的不是只有普尔，就算有脑帽的抗失眠程序也一样。在他终于能睡着以前，他还常自问自己还有没有明天。但至少这武器的所有组件都装配好了——一个看不到、摸不到的武器，对历史上所有的战士来说，这还是个想不到的武器。

一块完全标准而且是几百万顶脑帽天天使用的兆位记忆光片，看来是够无害、够无邪了。但是，它装在一大块晶莹的物质中，上面还交叉着金属带，在显示它是件异乎寻常的东西。

普尔心不甘、情不愿地接下这件东西。他纳闷，受命运载广岛原子弹的弹头到发射地点的人——太平洋空军基地的那位仁兄，不知是否也有一样的感觉。然而，如果他们所有的恐惧都情有可原，他的责任可能还更大。

而他甚至不确定自己任务中的第一部分能否成功！因为没有哪个回路绝对安全，所以哈曼还不知道“达摩克利斯计划”的种种，普尔会在回到盖尼米得的时候告诉他。

然后他就只能期盼哈曼愿意扮演“屠城木马”的角色；而且，或许还得愿意在过程中被牺牲。

38

先发制人

这么多年之后再度回到盖大饭店，令人有种奇怪的感觉——真是再奇怪不过了，因为尽管发生了这一切，这儿似乎一点也没改变。当普尔走进以鲍曼命名的套房时，迎接他的，还是熟悉的鲍曼影像；而且如他所预期，鲍曼／哈曼正等着他，看来比鲍曼自己的古典全息像更不实在。

他们还来不及寒暄，就出现了一个普尔原本会欢迎的不速之客——什么时候都好，只要不是现在。房里的视频电话响起紧急的三连音（这点也没变），一位老友出现在屏幕上。

“弗兰克！”泰德·可汗大叫，“你怎么没告诉我你要来！我们什么时候能碰面？怎么没有影像？有人跟你在一起吗？那些和你一块儿降落的官气十足的家伙又是谁——”

“拜托，泰德！对，我很抱歉。相信我，我有很好的理由，待会儿再跟你解释。的确是有朋友跟我在一起，我会尽快回你电话，再见！”

普尔一边补充设定“请勿打扰”的指令，一边抱歉地说：“对不起！你当然知道他是谁吧？”

“是的，可汗博士，他经常试着跟我联系。”

“可是你从来不理他。能否问你为什么吗？”虽然有更重要的事情要操心，普尔还是忍不住要提出这个问题。

“你我之间的联系是我唯一愿意维持通畅的渠道。而且我也常远行，有时一去经年。”

那挺令人意外，但也不尽然。普尔非常清楚在许多地方、许多时代，都有鲍曼的目击报告，但是——“一去经年”？他可能去过不少星系，也许就是这样他才知道天蝎新星的种种，那只有四十光年的距离。可是他不可能一路去到“节点”，那来回一趟就是九百年的旅程。

“我们需要你的时候你刚好在，真是幸运！”

哈曼回答前迟疑了一下，这相当不寻常，大大超出无法避免的三秒钟延迟。他答道：“你确定是幸运吗？”

“你是什么意思？”

“我不想谈这件事。不过有两次，我曾瞥见——力量……实体——比石板高级得多，说不定比它们的制造者更高级。你我所拥有的自由，只怕比想象中还要少。”

那可真是令人毛骨悚然的想法。普尔得刻意屏气凝神才能把它摆在一边，以专注眼前的问题。

“姑且希望咱们有足够自由意志去做需要做的事吧。这可能是个蠢问题：石板知道我们碰面吗？它会不会——起疑？”

“它不具备这种情感。它虽有许多错误防护装置，有些我也了解，但仅止于此。”

“它会不会偷听？”

“我相信不会。”

真希望自己能确定它不过是这样一个天真单纯的超级天才，普尔一面想，一面打开公文包，拿出装着光片的密封盒子。在这么低的重力下，几乎难以察觉光片的重量，更令人无法置信这小东西或许就掌握着人类的未来。

“我们不确信能找到绝对安全的回路跟你联络，所以我们不能讨论细节。我们希望这光片中的程序，能阻止石板执行任何威胁人类的指令。里面有史上最具杀伤力的病毒，大部分没找到解药，有些则公认根本不可能有解药。它们各有五个副本，一旦你觉得有必要，或时机适当时，希望你能把它们释放出去。戴维——哈尔——从未有人承担如此重大的责任，但我们没有其他选择。”

又一次，回答来得似乎比信号往返欧罗巴一趟所需的三秒钟还久。

“如果这么做，石板的一切功能都会终止。我们不确定我们会发生什么事。”

“我们当然也考虑到这一点。但此时此刻，一定有许多装置能受你指挥——其中有些或许是我们无法了解的。我还附上另一块千兆位记忆的光片：十的十五次方位元，记录几辈子的记忆与经验都绰绰有余。这会给你一条退路，我想你应该还有其他的后路吧。”

“没错，到时候我们会决定该走哪一条。”

普尔勉强松了口气——在这种非常状况下，他实在无法完全放松。哈曼愿意合作，显示他和自己的根源仍有足够的联系。

“现在，我们得把光片交给你——亲手交给你。它的内容太过危险，不能冒险用任何电波或光波频道传送。我知道你拥有长距离控制物质的能力，不是有一次，你引爆了一颗洲际弹道飞弹吗？你可以把光片转移到欧罗巴上吗？或者，我们可以派自动信差，把它送到你指定的地方。”

“那样最好，我会在钱氏村等着。坐标如下……”

鲍曼套房的监视器迎进了自地球陪伴普尔前来的代表团领队，但普尔那时还瘫在椅子上。不管琼斯上校是不是货真价实的上校，或者是不是真的叫琼斯，都不过是普尔没兴趣了解的小事情。他是很优秀的组织者，默默且有效率地掌握着“达摩克利斯计划”

中的每个环节，而这就够了。

“好了，弗兰克，光片已经上路了，一小时十分后就会着陆。我猜想哈曼可以从那里接手，但我不明白他要如何动手处理这两片光片。说‘动手’对吗？”

“我原来也很纳闷，还好后来一位欧罗巴委员跟我解释。有个人尽皆知、我却是例外的定理宣称：每一部计算机都可以仿真其他任何一部计算机。所以我确定哈曼对自己在做什么一清二楚，不然他绝不会同意。”

“希望你说得对。”上校回答，“如果不是——嗯，我不知我们还有什么选择。”

接下来是一阵忧郁的沉默，于是普尔想尽办法来缓和紧张的气氛。

“对了，本地盛传关于我们造访的流言，你听说了吗？”

“你指哪一个？”

“说我们是特别考察团，被派来调查这个新边疆城镇的犯罪和腐化。市长和郡长现在恐怕都落荒而逃了。”

“我真羡慕他们。”琼斯上校说，“有时，只需要烦恼这些芝麻小事还真是一种幸福。”

39 弑神

就像阿努比斯市所有的居民（目前人口数量为56521）一样，泰德·可汗博士在当地午夜刚过，就被紧急警报给吵醒了。他的立即反应是：“看在神的分上，不要是另一场冰震！”

他冲到窗户旁，大叫：“开窗！”声音大到连房间都听不懂，他只好以平常的音量再重复一次。太隗的光芒理当流泻进来，画出令来自地球的访客迷惑不已的图案，因为不管你等多久，那光线都丝毫也不会移动……

那不变的光芒已经消失了。泰德·可汗不敢置信地望出阿努比斯市巨大的透明穹顶，看到的是盖尼米得睽违了千年的天空。它再次镶满繁星，而太隗却消失了。

凝望着早已遗忘的星座，可汗又注意到一件更骇人的事。太隗该在的地方，是一块全然黑暗的小圆盘，它遮蔽了一些不熟悉的星星。

只有一个可能的解释，可汗木然地告诉自己。太隗被黑洞吞掉了，下一个可能就轮到我们。

在盖大饭店的阳台上，普尔正看着同样的奇景，却怀抱着更复杂的情绪。紧急警报响起之前，为了一通来自哈曼的信息，他的通信秘书已经把他给吵醒了。

“开始了，我们成功感染了石板。可是其中有一个——说不定好几个——病毒进入了我们的回路。你给我们的记忆光片，不知道能不能用得上。如果成功了，我们会在钱氏村和你碰头。”

接下来的话，是令人惊讶甚至感动的字句。其中包含的情感成分，只怕许多世代都还会争论不休。

“如果我们无法下载，请记得我们。”

普尔听到身后的房间传来市长的声音，市长正尽最大的努力安抚现在已经了无睡意的阿努比斯市居民。虽然开头用的是最恐怖的官方说法“没有必要惊慌”，不过市长确实有好消息。

“我们不知道发生了什么事，但太隗明亮如昔！我重复，太隗依旧光明！我们刚接到半小时前出发前往卡利斯托的轨间航天飞机昴六号传来的消息，这是他们看到的景象——”

普尔从阳台冲进房里，刚好来得及看到太隗在视频屏幕上闪烁。

“目前所发生的，”市长上气不接下气地继续说，“是某种东西引起了暂时性的星食——我们来放大看看……卡利斯托天文台，请传送……”

他怎么知道是“暂时性”的？普尔边想边等着下个画面。

太隗消失了，取而代之的是一片繁星。同时，市长的声音淡出，另一个声音接了下去：“——几乎用任何望远镜都看得到。那是个完全漆黑的圆盘，刚超过一万公里宽，薄得看不出厚度。而它刚好——显然是故意的——遮住了盖尼米得，使盖尼米得照不到任何光线。

“我们来放大看看能不能显现任何细节，不过我很怀疑……”

从卡利斯托的观测点看来，掩星的圆盘呈卵形，长度是宽度的两倍。它一直扩张，直到占满整个屏幕；之后便无法看出影像是否继续放大，因为完全看不出它的细节。

“跟我想的一样，没什么好看的，我们移到这东西的边缘去……”

再一次，完全感觉不出镜头有移动的迹象，直到一片繁星突然出现，被行星般大的圆盘的微弧边缘切出鲜明界线，就像他们正在一颗没有空气且完全平坦的行星上，朝地平线看过去似的。

不对，它并非完全平坦……

“有意思。”天文学家评论道。一直到现在，他的语气还是非常平淡，仿佛这种事每天都发生。

“边缘看来凹凸不平，但非常规则，好像锯齿……”

一把圆形的锯子，普尔默默低语。它是来锯我们的吗？别傻了……

“我们只能接近到这种程度，再下去绕射就会破坏影像——待会儿我们会处理，以便分析出细节。”

倍率如此之高，已经看不出是圆形了。横过屏幕的是一条黑带，呈锯齿状沿着边缘的是些非常相似的三角形。普尔难以忘怀那个不祥的锯子联想，但还有别的事正锯着他的心……

像盖尼米得上的其他人一样，他望着远处众多恒星在三角形山谷间进进出出，很可能，有些人早在他想到前就下了结论。

如果你想用一些矩形做出个圆盘，不管矩形边长是不是1∶4∶9，都不可能有平滑的边缘。当然，你可以把它尽可能做得近似圆形，只要用尽可能小的矩形。但如果不过是要造个大到可以遮蔽太阳的圆盘，又何必这么麻烦呢？

市长说得没错，星食的确是暂时性的。但它的结束和日食刚好相反。

第一道光线穿破正中央而出，而不是像日食一般，自边缘先出现“倍里珠”。破碎的光线从一个小孔中辐射出来——而现在，在最大倍率下，圆盘的结构现出原形。它是由无数个一模一样的矩形组成，也许个个都和欧罗巴上的“长城”一样大小。现在它们裂开了，好像巨大的拼图被打散一般。

当圆盘碎裂，太隗的光芒自逐渐加宽的裂隙中流泻而出，它那永恒的日光（不过刚被暂时打断）又慢慢回到了盖尼米得。现在那些组成单位正在消失，仿佛它们需要彼此接触所带来的力量才能保持形体。

虽然对阿努比斯市那些焦急的民众来说，整个事件似乎持续了数小时，但其实还不到十五分钟。等到事情结束了，才有人注意到欧罗巴本身。

“长城”不见了。过了几乎一个小时，才收到地球、火星和月球传来的新闻，说太阳显然也闪烁了几秒钟，之后才恢复正常。

这是一次有高度选择性的双星食，显然是针对人类而来。在太阳系里其他地方，都不会有生物注意到。

因为引起一片骚动，好一阵子后大家才注意到TMA-0和TMA-1也都已消失，只在月球第谷和非洲留下三百万年历史的印记。

这还是头一回，欧星人能够真正面对人类。但对那些在它们之间风驰电掣的巨大生物，它们既不提防也不惊讶。

当然，面对这些看来像是光秃秃的小灌木、没有明显感官或沟通行为的生物，要解析它们的情感状况并不容易。但是它们若是被昴六号的来临以及上面乘客的出现吓到，它们理当会躲在自己的冰屋里。

保护装和闪亮的铜线礼物对普尔的行动略有妨碍，他一面走进钱氏村凌乱的郊外，一面想着欧星人对最近这些事件不知有何感想。

对它们来说，太隗并不曾被遮掩，但“长城”的消失一定是个震撼。它自亘古以前就矗立在那里，除了作为屏障，毫无疑问还有更多的功能。然后，猝然间它就消失了，仿佛从未存在过……

那千兆位的光片正等着他。光片旁边围了一群欧星人，表现出普尔从未见过的好奇。他想，不知哈曼是否用什么方式告诉了它们，要好好守着这个来自太空的礼物，等着普尔来取回。

然后，普尔要把它带到唯一可以安全存放的地方。因为现在里面不只装着一个沉睡的朋友，还有在未来世纪里或许才有能力祛除的恐怖病毒。

40 午夜：尖峰山

要想象一个更为宁静的景致，只怕很难，普尔这么觉得，尤其是在前几周的创伤之后。近乎满圆的地球，照亮了无水雨海的每一个角落，而不是像太阳白炽的光芒般抹去那些景致。

在距离尖峰山不起眼的密室入口前百米处，月面车小队围成半圆形。从这个角度，普尔可以看到这座山根本名不副实。

早期的天文学家，因为被它的突出阴影误导而取了这个名字，但其实它不是陡峭的山峰，而是个圆圆的小丘。他也相信，当地的休闲方式之一就是骑着脚踏车攻顶。

直到现在，这些运动的男男女女还没人参透车轮下隐藏的秘密，而他希望这个恐怖的真相不会破坏他们的健身运动。

一小时前，带着既悲伤又优越的心情，他交出了从盖尼米得直接带到月球、从未离开自己视线的光片。

“别了，两位老友。”他喃喃说道，“你们表现得很好。也许未来某个世代会唤醒你们，但是老实说，我宁愿不要。”

他可以非常清楚地想象，再度需要哈曼知识的一个严重理由。现在，想当然耳，欧罗巴上的“仆人”已不复存在的那则消息，正朝着未知的控制中心而去。只要运气不太糟，再过九百五十年左右，响应就该来了。

普尔过去常诅咒爱因斯坦，现在却要歌颂他了。即使是石板背后的力量（现在已确定了它的存在），也无法以超光速散布其影响力。所以人类应当还有整整一千年，可以为下一次接触做准备——如果真有那么一次的话。或许到了那个时候，人类会有较好的准备。

有东西从隧道里出现了，是那个架在轨道上的半人形机器人，刚才就是它带着光片进入密室的。

看着一部机器包在某种用来防御致命病菌的隔离装里，似乎有点可笑——而且是在没有空气的月球上！

但不管看来多不可能，还是没有人敢投机取巧。毕竟，这个机器人曾沿着那些被谨慎隔离的恶魔移动，虽说监视摄影机显示一切正常，但总有可能会有哪个玻璃瓶漏了，或者哪个罐子的密封松了。月球是个很稳定的环境，但是根据记录，数世纪以来这儿也发生过许多月震和流星撞击。

机器人在隧道外五十米处停了下来。巨大的盖子缓缓移回原位，开始沿着螺纹旋转，像是个巨大的螺栓被旋进了山里。

“没戴墨镜的人，请闭上眼睛或移开视线！”

月面车无线电中传来了紧急的声音。普尔在位子上别过头去，正好看到月面车车顶上的一阵强光。当他转回头去望向尖峰山时，机器人只剩下一堆发红的熔渣。即使对一个大半辈子都生活在真空中的人来说，没有袅袅上升的缕缕轻烟，似乎还是非常不对劲。

“消毒完毕！”从任务控制室传出声音，“感谢各位。现在请返回柏拉图市。”

多讽刺啊！拯救人类的竟然是人类的疯狂制造出的产物！普尔想，我们能从中得到什么启示呢？

他又回头望着美丽的蓝色地球，她躲在云层之下，与寒冷的太空隔着一层补缀的雪白毛毯。在那儿，几个星期后，他希望能好好抱抱自己的第一个孙子。

不管隐身在星辰后面的，是什么天神般的力量和主权，普尔提醒自己，对普通人来说，重要的只有两件事，那就是“爱”与“死”。

他的身体还不到一百岁，他还有足够的时间去面对两者。

尾　声

“他们的小宇宙还很年轻，他们的神还只是个孩子。但现在评断他们嫌太早；当‘我们’在‘末日’回去的时候，会决定谁该被拯救。”

资料来源

第1章　彗星牛仔

描绘钱德勒船长的狩猎领地，于1992年发现，参考鲁（Jane X. Luu）和杰维特（David C. Jewitt）合著的文章《柯伊伯带》（*The Kuiper Belt, Scientific American*, May 1996）。

第4章　观景室

同步轨道（Geostationary Orbit, GEO）中“世界之环（ring around the world）”的概念——它们透过赤道上的塔和地球相连——虽然完全可以看作是奇想，却有坚固的科学理论基础。这显然是圣彼得堡的工程师阿苏塔诺夫（Yuri Artsutanov）所发明的“太空电梯”（Space Elavator）的扩大版。我在1982年曾和这位工程师有过一次愉快的会面，当时的圣彼得堡还叫作列宁格勒。

阿苏塔诺夫指出，在地球和徘徊于赤道上特定区域的卫星之间搭起一条缆线，在理论上是可行的。今日大部分的通信卫星在GEO上，即徘徊在地球上的特定区域。有了这样的开始，太空电梯（或以阿苏塔诺夫生动的语汇来说：宇宙脐带）是可望建造起来的，而载运上GEO的系统可完全由电力驱动。只有在旅程的其他时段才使用火箭推进器。

为了避免火箭技术所造成的危险、噪声，以及环境危害，太空电梯惊人地减少了所有太空任务的成本。电力很便宜，载一个人上去轨道只须花费一百美元，而在轨道上绕一圈则须花费十美元，因为大部分的能源在下降的旅途中将恢复。（当然，付较高的票价才能享受到好的餐饮及观赏电影。即使如此，一千美元就能来回于GEO，你相信吗？）

这理论是无懈可击的，但是有哪种材料，可以有效地承受距离赤道三万六千公里高的悬挂拉力，并有足够的强度能运送承载上去？当阿苏塔诺夫写他的论文时，只有一种物质符合这些可说是相当严格的规格：结晶碳（crystalline carbon），即人们所知的钻石。不幸的是，在市面上无法购得所需的百万吨钻石，虽然在《2061：太空漫游》我已说明了木星核心存在这些量的钻石之原因；而在《天堂的喷泉》（The Fountains of Paradise）我提出更可取得的来源：在轨道上的工厂，那里的钻石可以在无重力的状态下生成。

1992年8月，亚特兰蒂斯号航天飞机试图迈出太空电梯的“一小步”，当时做了一项实验，沿着一条长21公里的系链释放并取回载重。可惜，投资下去的这项工程却在几百米处就卡住了。

当亚特兰蒂斯号航天飞机的全员在轨道上进行的记者会上展示《天堂的喷泉》，以及这次的任务专家霍夫曼（Jeffrey Hoffman）在回到地球后将他亲笔签名的那本给我时，我感到十分高兴。

1996年2月，第二次的系链实验则稍稍进步了些：载重真的跑完全程，但在取回时缆线断了，因为绝缘体做得不好而导致漏电。（这或许是个幸运的意外：我不禁想起与富兰克林同时代的人，他们试图重复他著名但危险的实验——在大雷雨中进行风筝实验——而致命的事。）

除了可能会发生的危险外，从航天飞机发射出、扣在系链上的负载，看上去就像用假蝇钓鱼：看起来容易，其实并不然。但最终最后的“大跳跃”将会完成——一路直达赤道。

同时，碳的第三种形式，碳六十的巴克球（Buckminsterfullerene, C60，由六十个碳原子构成足球形状的结构），使得太空电梯的概念更为可行。1990年，一群休斯敦莱斯大学（Rice University）的化学家制造出管状的碳六十，其张力比钻石大许多。这群化学家的领导斯莫利博士（Dr. Smalley）甚至进一步宣称这是至今最强韧的材料，并且补充道，借着它太空电梯就可能建造完成。（最新的消息：我很高兴知道斯莫利博士因这项研发而获得1996年诺贝尔化学奖。）

现在，有一个令人吃惊的巧合——它怪异得令我困惑：谁在负责这件事。

巴克敏斯特·富勒（Buckminister Fuller）于1983年逝世，因此生前并未见到“巴克球”（backyballs）和“巴克管”（backytubes）这些使他身后极负盛名的发现。在他诸多旅程的最后几次中，有一次我有幸在斯里兰卡开飞机载他及其妻子安（Anne），并带他们去看看《天堂的喷泉》所提到的特定地点。不久过后，我用十二英寸的（还记得这种规格吗？）LP录音机（Caedmon TC 1606）录下小说，而巴克则友善地在唱片封套写下说明。这些事以一件令人讶异的启示告终，它激发了我对星城（Star City）的思考：

> 1951年，我设计了一个可自由活动且结构简洁的环状桥，在赤道上空并围绕着它而组装起来。在这“光环”桥内的地球依旧自转，而这圆形桥则以自身的速率旋转着。我预见地球上的交通工具垂直地上升移至桥中，旋转着，并下降到所欲抵达的地球位置。

我坚信，如果人类决定投入此项投资（依据对此而产生的评估，认为这不是一项资金甚巨的投资），星城是可以被建设起来的。除了产生新的生活形态，以及让来自低地心引力的世界，如火星或月球的参观者更适应我们的星球外，所有的火箭研究都不须在地表进行了，而是让它们回到所属的太空。（虽然我希望每年在肯尼迪中心太空中心应景地重演火箭升空，以唤起人们对火箭第一次升空的兴奋感。）

几乎可以肯定的是，大部分的城市将是腾空架起的，只有非常小的一部分城市作为科技目的使用。毕竟，每座塔相当于千万楼层高的摩天大楼，而围绕着同步轨道的环，则介于地球和月球之间，但较靠近月球。若这个环形成完整的一圈，数倍的人口可以居住在这个空间中。（这引起一些有趣的逻辑问题，我乐意把它们作为“学生作业”。）

关于“豆茎”（Beanstalk）概念的卓越历史，以及其他更先进的概念，如反地心引力和空间扭曲，请参考罗伯特·伏特（Robert L. Forward）的《科学魔术》（*Indistinguishable from Magic*）。

第5章　教育

1996年7月19日，我很惊讶在当地报章读到英国电信人工生命团队（Artificial Life Team）的领导人温德博士（Dr. Chris Winter）相信我这章所描绘的信息和储存设备能在三十年内发展完成！（我在1956年的小说《城市与群星》（*The City and the Stars*）中认为这些设备要在十亿年后才可能出现，显然是个失败的想象。）温德博士说，这种设备能让我们“在实体上、情感上和精神上重新创造一个人”，并且他评估这么做所需要的记忆空间大约是十的十三次方位元，比我所推测的十的十五次方位元小了二级。

我真希望当时能以温德博士的名字来为这种设备命名，这将会在正规圈子引起一些强烈的争论：“灵魂的捕捉者。”至于这设备应用于星际旅行，请参考第9章。

我相信我发明了以掌心对掌心的信息传递方式，在第3章有描述，因此发现尼古拉斯·尼克罗彭迪（Nicholas Negroponte）和他的麻省理工学院媒体实验室投入这项研究已有多年时，实在叫人惭愧。

第7章　简报

如果零点场（Zero Point Field，有时被称为“量子波动”或“真空能量”）能被开发出来，那么它对我们的文明所造成的冲击将是非常巨大的。所有现今的能源——石油、煤、核电、水力发电、太阳能——都会被淘汰，当然我们所担心的环境污染问题也会随之消失。所有这一切都变成了一个大的担忧——热污染。所有的能源最终成为热，如果每个人有数百万千瓦可玩，这颗星球很快就会像金星那样：阴影处的温度高达几百摄氏度。

然而，这状况也有光明的一面：除了这方法外，别无其他方式避开下一次的冰河纪元，冰河纪元是一定会出现的。“文明是冰河纪元之间的休息时段。”这句话出自威尔·杜兰特（Will Durant）的《世界文明史》（*The Story of Civilization*）。

即使当我写下这些话时，全球各实验室的优秀工程师宣称他们正在开发这种能源。物理学家费曼曾估计过这种能源的体积，大意是一个马克杯大小的能源就足以把地球的海洋煮沸，真是令人印象深刻。

当然，这种想法会让人不免一惊。相较之下，核能根本不是对手。

我很好奇，有多少超级新星真的是由工业意外所诞生的？

第9章　空中花园

在星城中移动最主要的问题之一，就是距离太远了。如果你要拜访一位在隔壁塔的朋友（无论虚拟现实有多少优点，通信永远无法取代接触），这距离相当于一趟月球之旅。即使拥有最快的电梯，还是要花上好几天而非数小时，否则生活在低地心引力地区的人无法适应其加速度。

“无惯性推进器”（innertialess drive）的概念——即作用在身体上每个原子的推动系统，这样当电梯在加速时，身体就不会感受到压力了——在20世纪30年代由“太空歌剧”（Space Opera）大师史密斯（E.E. Smith）所发明。这概念并非如其所听起来那般不大可能，因为重力场正是以这种方式对身体产生作用的。

如果你在地表附近自由地下坠（忽视空气阻力），你的速度会增加近每秒十米。此外，你会感到处于无重力状态，不会感受到加速度，虽然到一分三十秒时，你的速度将增加为每秒一公里。

若你在木星的重力场下坠落也是如此（其地心引力为地球的2.5倍），甚至你在巨大无比的场域内如白矮星或中子星（比地球的地心引力强上几百万或几兆倍），也是如此。你感受不到什么，即使你在出发数分钟后达到光速也是如此。然而，若你蠢到进入具有引力的物质半径，因为受力不均衡，潮汐力量（tidal forces）很快就会将你撕成碎片。进一步详细的资料，可参考我悲惨但文如其名的短篇故事《中子潮汐》（*Neutron Tide*），收于拙著《太阳风》（*The Wind from the Sun*）中。

“无惯性推进器”就像可控制的重力场域，它在科幻小说之外很少被认真讨论到，直到最近。1994年，三位美国物理学家发展了伟大苏联物理学家萨哈罗夫（Andrei Sakharov）的一些概念，并讨论了无惯性推进器。

海希（B.Haisch）、瑞达（A.Rueda）和普霍夫（H.E.Puthoff）所写的《零点场中的惯性》（*Inertia as a Zero-Point Field Lorentz Force, Phys Review A, February 1994*），未来可能会成为具有里程碑意义的重要论文，在小说中，我已经赋予它这地位了。这篇论文提出了一个很根本且被视为理所当然的问题，即宇宙生成的方式。

这三位美国物理学家所问的是：“是什么给予物体质量（或惯性）以致它需要外力才会移动，以及一股同样的力量以恢复它原先的状态？”

他们暂定的答案仰赖于一座远离物理学家的象牙塔，且不为人所知的事实：即所谓空洞的太空实际上是个能量沸腾的大汽锅——零点场，这点真是令人惊讶。这三位物理学家认为惯性和重力是一种电磁现象，它们是物体和场相互作用的结果。

自法拉第（Faraday）以来，有无数的实验试图把重力和磁力结合起来，虽然有许多实验宣称取得了成功，可是它们的结果没一个是经过证实的。然而，尽管还很遥远，如果这三位物理学家的理论获得证实，它将开启反重力的“太空推进器”（space drive）远景；更迷人的是，甚至可能控制惯性。这会产生有趣的状况：如果你以最小的力道去触碰一个人，他将在一小时内立即消失到几千公里远的地方，直到他碰到另一头而反弹停下来。好消息是交通意外将成为不可能的事；自动车以及乘客可以毫发无伤地以任何速度相互碰撞。（你觉得今日的生活已经够混乱了？也许未来更热闹呢！）

我们目前所熟知的太空任务中的“无重力状态”（下个世纪将会有数百万的人享受到这样的旅程），对我们的祖父辈而言就像是魔术。消除，或只是减少惯性是另一个相当不同的状态，甚至是完全不可能的[1]。但它是一个很棒的想法，因为它可以促成类似“遥

1 1996年9月，芬兰科学家宣称侦测到正在旋转且超导电的碟子，其上方的地心引力有微量的（少于百分之一）减弱。如果这获得了证实（慕尼黑马克斯·普朗克研究所早期的实验也示意具有相似的结果），这个突破可是长期以来所等待的。同时我也期待有趣的怀疑意见。——作者注

距传送”的作用：你几乎可以立即地到各地去旅行（至少在地球上）。坦白说，我真不晓得少了它要怎样来管理“星城”！

在这部小说中我做了一个假设，即爱因斯坦是对的，没有任何信号或物体能超越光速。有一些包括复杂数学运算的论文最近似乎认为：就如同许多科幻小说家所习以为常的那样，在银河搭顺风车的旅客或许不必忍受这恼人的限制。

整体而言，我希望这三位物理学家是正确的，但似乎有一个根本的反对意见。如果超光速（Faster Than Light，FTL）是可能的，为什么这些搭便车的，或者富有的旅客没有成行呢?

答案是，正像我们不会发展以煤为燃料的宇宙飞船一样，外星人没有理由建造航行于星际之间的交通工具，一定有其他更好的方法。

界定一个人只需要数量少到惊人的“位”，或是储存一个人一生中可能会获取的所有信息，这点在雪弗（Louis K. Scheffer）的《机器智慧，星际旅行的成本与费米悖论》（*Machine Intelligence, the Cost of Interstellar Travel and Fermi’s Paradox, Quarterly Journal of the Royal Astronomical Society 35, no. 2* [June 1994]: 157–175）中有提到。这篇论文（肯定是严肃的QJRAS出刊以来最标新立异的一篇）估计，一位一百岁老人的全部精神状况和记忆大约占了十的十五次方位元。即使是今天的光纤也可以在数分钟内传输这笔信息。

我认为星际长途旅行的运输机在3001年以前还无法生产出来

的观点，在今后的一个世纪中可能会变得目光浅短到滑稽的程度，而目前没有星际游客只是因为地球上没有建造任何让宇宙飞船停靠的设施。或许外星宇宙飞船已经出发了，正在以缓慢的速度前进着……

第15章　金星之变

有机会向阿波罗15号的成员致意是一项殊荣。从月球返回之后，他们送我登月舱法尔康号（Falcon）的着陆模型，现在放在我办公室最显眼的地方。上面是月球车（Lunar Rover）三次出巡时所留下的路径痕迹，其中一条绕过了地球反照（Earthlight）的缺口。模型上印有一行字："给阿瑟·克拉克，阿波罗15号成员感谢您对太空的想象。斯科特（Dave Scott）、沃尔登（Al Worden）、艾尔文（Jim Irwin）。"为了回报他们，我把《地光》（*Earthlight*）（写于1953年，背景设定在1971年月球车所驶过的区域）献给他们："给斯科特以及艾尔文，第一位踏上这块土地的人；给沃尔登，在轨道上看护他们的人。"

在克隆凯特（Walter Cronkite）和席拉（Wally Schirra）于CBS报道阿波罗15号即将返回地球后，我飞往太空航行地面指挥中心观看它的返航。我坐在沃尔登的女儿旁边，她是第一个注意到太空舱的三个降落伞其中一个没有展开的人。这是令人紧张的一刻，所幸剩下的两个还可以胜任降落任务。

第16章　船长的餐桌

参考《2001：太空漫游》第18章描写太空探测船冲撞的部分。即将到来的克莱门汀二号（Clementine 2）任务目前正计划进行类似的实验。

看到《2001》中说月球瞭望台在1997年发现了阿斯特洛伊小行星7794号（Asteroid 7794）时，我觉得有些不好意思。我会把它挪到2017年——那时是我的百岁大寿。

就在写完以上这段之后几小时，我很高兴得知，巴斯（S. J. Bus）1981年3月2日在澳大利亚塞汀泉（Siding Spring）发现的小行星4923号[Asteriod 4923（1981 EO27）]，被命名为克拉克，在某种程度上是为了纪念太空防卫计划（Project Spaceguard）。有人怀着深深的歉意告诉我，由于一时失察，第2001号已经过时了，它和那个名叫爱因斯坦的人一样。借口，都是借口。

但得知与小行星4923号同一天被发现的5020号已被命名为阿西莫夫（美国生物化学家、作家，创作了许多科幻小说和科普读物），我还是非常高兴——虽然令人悲伤的是，我的老友永远无法知道这个消息。

第17章　盖尼米得

如同在本书序幕，以及《2010》和《2061》里解释过的，我希望充满雄心壮志的伽利略任务——到木星及其卫星之旅，可以多带给我们一些关于这个奇异世界的细节，以及令人目眩神迷的特写镜头。

嗯，多次延误之后，伽利略抵达它第一个目的地——木星，而且表现令人赞赏。但是，有个问题，由于某个原因，主天线并没有打开。这表示影像必须经由低增益天线（low-gain antenna）传送回来，其传输速度之慢让人难以忍受。虽然船上的计算机改编程序，已经奇迹似的弥补了这个遗憾，但仍得花上数小时来接收原本应该数分钟之内就可以传送回来的信息。

所以我们必须有耐心，而在1996年6月27日伽利略任务之前，我已经开始在小说中热切探索盖尼米得。

1996年7月11日，在完成这本书前两天，我从喷射推进实验室（JPL）下载第一批影像，幸好到目前为止，我的描述与实际情况没有抵触。但假使当前的景色不是由冰原组成的坑口，而是棕榈树和热带海滩，或者还要更离谱，变成“YANKEE GO HOME”[1]招牌，我的麻烦就大了。

我特别期待“盖尼米得市”（Ganymede City）的特写镜头（本书第17章）。这个引人注目的结构体正如我所描述的——虽然我犹豫过是否要如此描写，因为我担心我的“发现”会成为“国家撒谎人”（National Prevaricator）的头版。在我的眼里，它比著名的

1 越战时期反战运动的口号。

“火星脸谱”及其周围环境更像是人工造作的。假使它的街道有十公里宽，又如何？也许盖尼米得市就是这么“大”……

在NASA旅行者编号为20637.02和20637.29的影像中可以找到这个城市；或更方便的方法是，可以在拉杰（John H. Rogers）不朽的著作《巨大的木星》（*The Giant Planet Jupiter*）中，图23.8里找到。

第19章　人类的疯狂

有明显的证据支持泰德·可汗令人吃惊的断言，他指出大部分的人类至少都带点疯狂的基因，参看我的电视节目《克拉克的神秘宇宙》（*Arthur C. Clarke's Mysterious Universe*）第22集《会见玛利》（*Meeting Mary*）。要知道，基督徒在人类中只是很小的一群，比起这些曾经崇拜过圣母的信徒，更多的信徒同样崇拜其他崇高的神性，如罗摩（Rama）、迦梨（Kali）、湿婆（Siva）、托尔（Thor）、沃坦（Wotan）、朱庇特（Jupiter）、奥西里斯（Osiris）等。

最令人吃惊的，也令人感到惋惜的，是柯南·道尔的例子，他是个绝顶聪明的人，但信仰使他变成了一个胡言乱语的疯子。尽管他最喜爱的灵媒们不断被揭发是骗子，他对他们的信心仍然屹立不倒。而这个创造福尔摩斯的人，甚至曾借着表演逃脱术的最高境界，把自己“变不见”，试图使伟大的魔术师胡迪尼信服。这种逃脱术的伎俩，如华生医生很喜欢说的：“简单得不得了。”［参看贾德纳（Martin Gardner）《巨大的夜》（*The Night Is Large*）一书中《柯南·道尔的题外话》（*The Irrelevance of Conan Doyle*）这篇文章。]

宗教法庭审判异端，这种虔敬的残酷丝毫不逊于柬埔寨前首相波尔布特（Pol Pot）和德国纳粹，其细节可以参看卡尔·萨根（Carl Sagan）在《魔鬼出没的世界》（*The Demon-Haunted World*）一书中对新世纪的傻瓜（Nitwittery）的辛辣抨击。

至少美国移民局已经采取行动反对宗教狂热的暴行。《时代》杂志里程碑专栏在1996年6月24日报道说，对于那些因家乡传统而遭受割礼的女孩，必须给予庇护。

在我完成这章之后，偶然看到史托尔（Anthony Storr）的《不为人知的弱点：印度导师的权力和魅力》（*Feet of Clay : The Power and Charisma of Gurus, The Free Press, 1996*），后者可说是这个领域的权威。很难相信这场神圣的骗局已经累积了九十三辆劳斯莱斯，直到美国联邦法院执行官迟至今日才逮捕他。更糟的是，他的数千个美国呆子信徒中，有百分之八十三已经潜入了大学，因此符合我最爱的一个对知识分子的定义：接受超越了其智慧水平的教育。

第26章　钱氏村

我在1982年出版的《2010：太空漫游》中，解释过这艘停在欧罗巴的中国宇宙飞船的命名是为了纪念钱学森博士，他是中美火箭计划的创始人之一。

出生于1911年的钱学森，1935年时获得一份奖学金，让他离开中国到美国求学。在那里，钱学森从杰出的匈牙利航空动力学者西奥多·冯·卡门（Theodore von Karman）的学生变为他的同事。之后，他以加州理工学院首位哥达德讲座教授的身份，协助成立了古根海姆航空动力实验室（Guggenheim Aeronautical Laboratory）——即帕萨迪纳（Pasadena）著名的喷气推进实验室的前身。就在中国于境内试射核武导弹之后，《纽约时报》（1996年10月28日）撰文（《北京首席火箭专家是美国训练出来的》）称："钱的一生是'冷战'历史的一个讽刺。"

随着绝密文件公开，人们发现他对20世纪50年代的美国火箭研究贡献良多。但在疯狂的麦卡锡时期，当他试图回祖国访问时，却被美国当局以虚构的保密罪名逮捕。在多场听证会和延长拘留之后，他最后被驱逐出境，回到故乡——带走他所有无人能出其右的知识和专业。就如同他许多成就卓越的同事所声明的，这是美国所做过最愚蠢，也是最可耻的事之一。

他被驱逐之后，根据中国国家航天局以及科协副主席庄逢甘的说法：钱学森"从零开始他的火箭事业……没有他，中国在科技上将落后二十年"。而且，或许这也会相对延后致命的"蚕"式反舰飞弹以及长征系列运载火箭的部署。

我完成这部小说后没多久，即获颁国际宇航学会的最高荣誉冯·卡门奖，在北京受奖！这是一个我无法拒绝的邀约，尤其是当我得知钱博士就居住在北京市。不幸的是，当我抵达那里后，发现他正因生病而留院观察，而他的医生不许访客探病。

为此，我十分感谢他的私人助理王寿云少将，他透过适当渠道，替我将签好名的《2010》和《2061》交给钱博士，并把一大套由他所编辑的《钱学森作品集：1938—1956》（科学出版社，1991年，北京东皇城根北街16号，100717）赠送给我。这是一本很棒的选集，内容包括了从许多与冯·卡门共同讨论的空气动力学问题，到关于火箭与卫星的专题论文。最后一篇是《热核能量厂》（*Jet Propulsion*, July 1956），是钱博士还是FBI的囚犯时所写的。这篇文章还论及一个在今日而言更是话题的主题："利用重氢熔化反应的动力站。"虽然到目前为止这项议题几乎没有什么进展。

1996年10月13日，就在我离开北京之后，我很高兴得知，高龄八十五岁且行动不便的钱博士，仍在继续进行他的科学研究。我衷心希望他喜欢《2010》和《2061》，且希望将来可以将这本《3001》献给他。

第36章　恐怖密室

1996年6月，参议院进行了一系列的计算机安全事宜听证会后，同年7月15日克林顿总统签署了第13010号行政命令，以因应

“计算机攻击控制重要基础建设的信息或沟通组件”（“网络威胁”）。建立了反网络恐怖主义的坚强力量，并有CIA、NSA，以及各防卫单位的代表。

小捣蛋，我们来了……

由于写了上面这段文字，我开始对还没看过的电影《独立日》结尾感到好奇了起来，听说结尾就如同特洛依木马屠城那样，使用计算机病毒反击！还有人告诉我，这部电影的开头和《童年的终结》（*Childhood's End*）一模一样，里面包含了所有从梅里爱（Georges Melies）的《月球之旅》（*Trip to the Moon*）以来的科幻小说都会有的陈腔滥调。

我无法决定是否要恭喜这个作者神来一笔的原创力，或是指控他们预知式的抄袭——这永恒的罪。无论如何，我担心我无法阻止波康（John Q. Popcorn）认为我剽窃了《独立日》的结尾。

致 谢

感谢IBM送我这个完美的、小巧可爱的Thinkpad 755CD，这本书就是用它完成的。多年来我一直被一个毫无根据的传闻所困扰——即HAL（哈尔）这个名字衍生自IBM字母的置换。为了解除这个“世纪之谜”，我甚至在《2010》中，让发明HAL的钱德拉博士极力否认这一传闻。然而，到最近我才放心，“蓝色巨人”[1]完全不受这个联想所困扰，还非常引以为傲。所以我也不再继续澄清这一传闻了，并于1997年3月12日，把我的祝贺寄给了厄班纳市伊利诺大学所有参与哈尔“庆生会”的人。

我要向Del Rey Books出版公司的编辑夏皮罗（Shelly Shapiro）致

1 Big Blue，IBM的商标为深蓝色。——编者注谢。当我和文字交手之际，夏皮罗那长达十页的意见让这部作品增色不少。（是的，我自己曾是编辑，而现在已经不必忍受这种作者经常加给编辑的罪名——这个行业的人都是失意的刽子手。）

最后，诚挚地感谢我的老朋友，加勒菲斯酒店（Galle Face Hotel）的老板贾丁纳（Cyril Gardiner）。在我写这本书时，他热情地为我提供一间豪华宽敞的个人套房。在这段混乱的时光里，这是我的“宁静基地”。补充一下，虽然加勒菲斯酒店没有广大的、富有想象空间的景色，但是它的便利性远比盖尼米得优越。我这辈子再也没有待过比这里更为舒适的工作环境了。

就此而言，或许更令人鼓舞的是入口处所悬挂的牌子上罗列了百位光临加勒菲斯酒店的卓越人物。这些人中包括苏联航天员加加林（Yuri Gagarin），执行了第二次登月任务的阿波罗12号乘组，还有许多优秀的舞台及电影明星：格里高利·派克（Gregory Peck）、亚历克·基尼斯（Alec Guinness）、考沃德（Noel Coward）、演出《星际大战》的凯丽·费雪（Carrie Fisher）……还有费雯·丽（Vivien Leigh）和劳伦斯·奥利弗（Laurence Olivier），两人都曾在《2061》中短暂出现过。我很荣幸看到我的名字列在他们之间。

在一家颇负盛名的饭店开始一项计划看起来再适合不过了：纽约的切尔西酒店——天才和假天才的温床——而且这项计划应该在另一间在大半个地球之远的饭店结束。不过窗外听见的，不是记忆中西二十三街那遥远和温柔的街人车声，而是近在咫尺、风雨大作的印度洋咆哮，感觉很奇妙。

就当我在写这篇致谢辞时，我很遗憾得知贾丁纳在几个小时前去世了。

知道他已经看过以上的献词，而且觉得很高兴，这让我多少感到一点安慰。

阿瑟·克拉克
1997年

告　别

“永不解释，永不道歉”或许是给政客、好莱坞名流与企业大亨的最好忠告，不过一个作者应该更体谅他的读者一些。所以，虽然我并不打算为任何事情道歉，但“太空漫游四部曲”身世复杂，或许需要稍加解释一番。

这一切都始于1948年的圣诞节——没错，1948年！——我写了一篇四千字的短篇小说，参加英国国家广播公司（BBC）举办的竞赛。《岗哨》描述的是月球上发现了一座小型金字塔，那是某个外星文明置放的，用意是等待地球上生活着的物种——人类的兴起。在那时，这暗示的是我们实在太原始，引不起人家任何兴趣[1]。

1　在太阳系中搜寻外星产品，应该是绝对合理的科学分支（“地球外考古学”？）。可惜，由于有人宣称早已发现这类证据，使得这门科学备受质疑——而且还遭到NASA的刻意打压！竟然有人相信这些鬼话，那才真是不可思议：要说航空航天局刻意假造ET制造的物品，好解决他们的预算问题，那还比较有可能！（交给你了，NASA大老板……）——作者注

BBC拒绝了我卑微的努力，直到几乎三年后，这个故事才收录进唯一一期《十篇故事奇集》（*10 Story Fantasy*）杂志，于1951年春首度付梓。就像无价之宝《科学小说百科全书》（*Encyclopedia of Science Fiction*）中的挖苦批评一样，这本杂志“让人记得的唯一原因，是算术很烂。因为里面一共有三十篇故事”。

《岗哨》处在这种过度状态中超过十年光阴，直到库布里克在1964年春天跟我联系，问我有没有什么好点子可以用来拍那部“众所周知的”（也就是说，还不存在的）“优质科幻小说电影”。我们许多回合的脑力激荡，全都记录于《2001：失落的世界》一书。我们决定，把月球上的耐心守候者当作故事的好开头。结果它的成就不止如此，因为在制作过程中，这个金字塔演化成了现在众所周知的黑色巨石板——第谷石板。

要想全盘了解“太空漫游四部曲”，就一定要记住，库布里克和我开始计划当初名为《太阳系征服史》（*How the Solar System Was Won*）的故事时，太空时代不过七岁大，而离开地球旅行得最远的人，也不过只离开地球一百多公里。肯尼迪总统虽然宣布美国打算“在这十年里”（1970年底以前）登上月球，但对大部分人来说，那一定还是像个遥远的梦想。1965年，冷死人的12月29日那天，电影在南伦敦[1]开拍。当时，我们连靠近地球这一面的月球表面看起

1 位于谢珀顿（Shepperton）。在威尔斯（H.G.Wells）的经典作品《世界大战》（*War of the Worlds*）中，火星人曾在颇具戏剧张力的一幕中摧毁了谢珀顿。——作者注

来是什么样子都不知道。还有人担心，第一个出现的航天员陷入一层如滑石粉般的月尘时，脱口而出的第一句话会是："救命啊！"大体而言，我们猜得还挺准的：不过我们的月球景观比真实月球更崎岖不平——因为月球表面经过亿亿万万年来的流星尘吹袭，早就被抚平了。也就只有这一点，透露出《2001》其实是在"前阿波罗时代"制作的。

我们想象在2001年就会有那些巨大的太空站、绕轨的希尔顿饭店，还有到木星去的探索任务，这在今天看起来似乎很荒唐。但现在或许很难理解，因为在20世纪60年代，就曾认真计划建立永久的月球基地，并且登陆火星——完成时间是1990年！说实话，当时在CBS的摄影棚中，就在阿波罗11号发射之后，我听到美国副总统阿格纽（Spiro Agnew）兴奋地宣布："现在我们一定要去火星了！"

结果，他没进监狱算他运气好。那件丑闻加上越南的事情与水门事件，不过是那些过度乐观的理想未曾实现的理由之一。

当《2001：太空漫游》的电影与小说在1968年问世时，我还没想到续集的可能。但到了1979年，真的有了木星任务，我们也头一次能细看这颗巨大行星与其无比惊人的卫星家族。

旅行者号太空探测器[1]，当然并未载人，但它传回来的照片，使得当时即使是在最强力的望远镜中也不过是个光点的世界，呈现

1 这艘宇宙飞船也运用了《2001》书中发现号飞近木星时利用的所谓"弹弓"，也就是"重力辅助"操作。——作者注

出了真实——也出人意表的面貌。艾奥上不断喷发的硫黄火山、卡利斯托被撞击得坑坑洞洞的表面、盖尼米得如等高线般的诡异地表景观——简直就像发现了一个全新的太阳系一样。前去探索的诱惑简直无法抵挡，因此，《2010：太空漫游》也同样给了我机会，去看看当戴维·鲍曼在那谜一般的旅馆房间中醒来后发生了什么事。

1981年，当我开始写这本新书的时候，“冷战”还在进行，而我觉得描述一场美苏联合任务，会让自己身陷险境——当然也冒着被批评的危险。借由将这本小说献给诺贝尔奖得主萨哈罗夫（Andrei Sakharov），当时还在流放中的苏联航天员列昂诺夫（Alexei Leonov），我也强调了自己对于未来合作的期许。当我在“星村”告诉列昂诺夫那艘船要以他命名时，他热情洋溢地说：“那保证是艘好船！”

当彼得·海姆斯（Peter Hymas）于1983年拍出了绝佳的电影版时，我还是觉得非常不可思议，因为他竟然能用旅行者号拍到的真正木星卫星近摄影像（其中某些经过原始出处“喷射推进实验室”的计算机处理）。然而，当时我们还期待雄心万丈的伽利略任务能传回更佳的影像，因为它将在为期数月的任务中详细探查所有的主要卫星。对这片新疆界的认识，过去仅来自于短暂的浮光掠影，但这次将能大大拓展我们原先的视野——而我也再没有借口不写《2061：太空漫游》了。

唉——前往木星的途中，却发生了悲剧。原本打算于1986年自航天飞机上发射伽利略号——但挑战者号的灾难排除了那项选择，同时我们很快就清楚看出，想要得到关于艾奥、欧罗巴、盖尼米得与卡利斯托的新信息，至少还要再等十年。

我决定不再等了，而哈雷彗星返回内太阳系（1985年），更提供了一个令人无法抗拒的主题。2061年，彗星将再度出现，那也将是《2061：太空漫游》出现的大好时机，不过我并不确定自己几时才写得出来。我向出版社请求支付一笔颇卑微的预付款。这里面有太多感伤，所以容我引用《2061：太空漫游》中的献词：

纪念非凡的总编辑朱迪-林恩·戴尔·雷伊，

她以一块钱买下本书版权

——但搞不清楚花这个钱值不值得

这一系列四本科幻小说，写成于科技（尤其是在太空探索方面）与政治发展最令人屏息的三十年间，显然很难毫无矛盾。但就像我为《2061：太空漫游》所写的引言："正如《2010：太空漫游》不是《2001：太空漫游》的续篇，本书也不是《2010：太空漫游》的续篇。这几本书应该说是同一主题的变奏曲，里面有许多相同的人物和情节，但不一定发生在同一个宇宙里。"如果你想看看不同媒体的优秀模拟作品，就听听安德鲁·韦伯与拉赫玛尼诺夫对同样一小段帕格尼尼音符的诠释吧。

所以这部《3001：太空漫游》抛去了前辈的许多元素，但发展出了其他的——我希望也是更重要的——而细节也更棒的元素。早期几部书的读者，若对这样的改头换面觉得困惑难解，我希望能劝说他们不要寄愤怒的抨击书评给我，就让我借用某位美国总统颇亲切的评语吧："别傻了，这是小说嘛！"

而这也全都是我自己的创作，如果你还没发现的话。不过我更享受与金特里·李（Gentry Lee）、麦可·库布-麦道威（Michael Kube-McDowell），还有已故的麦克·麦奎（Mike McQuay）的合作——如果将来我还有什么大得自己无法掌握的计划，一定会毫不犹豫地去找这一行最棒的枪手——但这一本《3001太空漫游》必须是一项独力完成的工作。

所以每一个字都是我自己的心血：呃，几乎每个字。我必须承认自己是在科伦坡的电话号码簿上找到"席瑞格纳纳山潘达摩尔西教授"（见本书第35章）这个名字；希望这个名字目前的主人不反对我借用。另外我也从《牛津英语辞典》中借了几个字词。而你们可知道——让我又惊又喜的是，我发现他们从我的书里引用了超过六十六处，用以解释某些字词的意义与用法！

亲爱的《牛津英语辞典》，如果你在这几页里发现了什么可用的例证，再一次地——别客气，尽管用。

很抱歉，我在这篇文章中小小地吹嘘了一番（大概有十项吧！），但它们引人注目的原因似乎太重要了，因而无法忽略。

最后，对于许多我的佛教、基督教、印度教、犹太教还有穆斯林朋友们，我要跟你们保证，不论“机会”赐予你们的宗教为何，宗教对你们心灵的平静（还有一如目前西方医药科学心不甘情不愿承认的身体的平静）所做出的贡献，我是真心诚意地觉得高兴。

神志不清但快乐，或许要比神志清楚但不快乐要好，但最好的还是神志清楚又快乐吧。

我们的后代子孙是否能达到这项目标，将是未来最大的挑战。事实上，这说不定还会决定我们是否有未来。

阿瑟·克拉克

斯里兰卡，科伦坡

1996年9月19日

图书在版编目（CIP）数据

3001：太空漫游 / (英) 阿瑟·克拉克 (Arthur C. Clarke) 著；钟慧元，叶李华译. -- 上海：上海文艺出版社，2019.4

（读客外国小说文库）

ISBN 978-7-5321-7080-7

Ⅰ.①3… Ⅱ.①阿… ②钟… ③叶… Ⅲ.①科学幻想小说－英国－现代 Ⅳ.①I561.45

中国版本图书馆CIP数据核字（2019）第039543号

责任编辑：毛静彦
特邀编辑：姚红成　孟　南　徐陈健
封面设计：陈艳丽

3001：太空漫游
［英］阿瑟·克拉克　著
钟慧元　叶李华　译
上海文艺出版社出版、发行
地址：上海市闵行区号景路159弄A座2楼
电子信箱：cslcm@publicl.sta.net.cn
新華書店经销　三河市天润建兴印务有限公司印刷
开本 880毫米×1230毫米　1/32　9印张　字数 164千字
2019年4月第1版　2023年11月第14次印刷
ISBN 978-7-5321-7080-7/I.5662
定价：68.00元

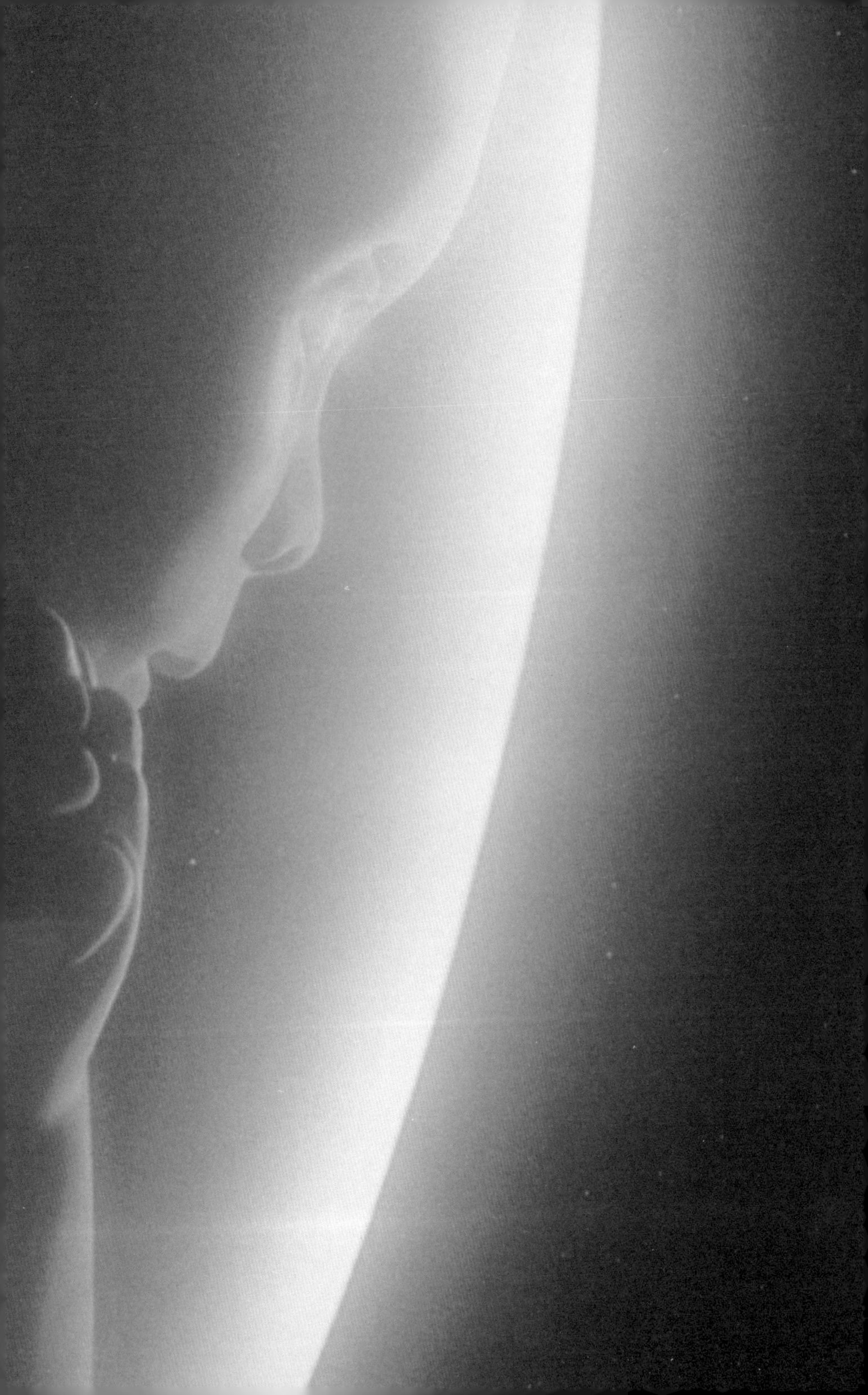